雨穴

大胆的读者们，
你准备好和我们一起
探索这间怪屋了吗？

U0126032

文治
© wénzhi books

更好的阅读

怪屋谜案

变な家

[日] 雨穴·著

烨伊·译

台海出版社

这是某间家宅的平面图。

二层

一层

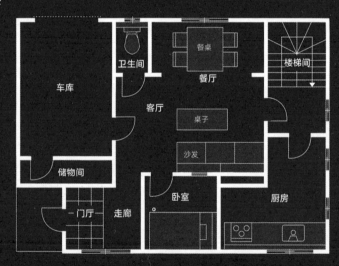

你能看出这座房屋的异常之处吗？

乍看上去，这恐怕只是一座随处可见的民宅。但是，认真观察房屋的每个角落，你会发现，令人费解的设计在这个家中随处可见。种种奇妙的违和感交织在一起，最终指向一个真相。

一个恐怖至极、任何人都不愿相信的真相。

目 录

第一章　怪屋

朋友的求助

如今的我是一名自由撰稿人，专写超自然神秘类的文章。借由工作，经常会有人讲怪谈故事或他们奇妙的经历给我听。

其中，和房屋有关的故事尤其常见。

"二层肯定没有人，却传来脚步声""一个人待在客厅，总觉得有谁看着我""壁橱里传来说话的声音"——这种"有来头"的房产的故事，简直多到数不清。

不过，那次听说的家宅故事，和其他故事稍有不同。

※※※

二〇一九年九月，熟人柳冈联系我，说有事想和我商量。他在出版公司工作，是一名销售。几年前，我们因工作相识，偶尔会一起吃个饭。

柳冈的第一个孩子就要出世了。他决定以此为契机，买下人生中的第一套房产。于是，他每天研读房产信息到深夜，终于在市内找到了一座理想的家宅。

那是一栋二层的房屋，建在一条安静的居民街上。离车站不远，周边绿树成荫。虽然是二手房，但建成时间不长。内部采光不错，空间敞亮，夫妻二人看房时都感到颇为满意。

只是，房屋平面图上有一处蹊跷。

一层

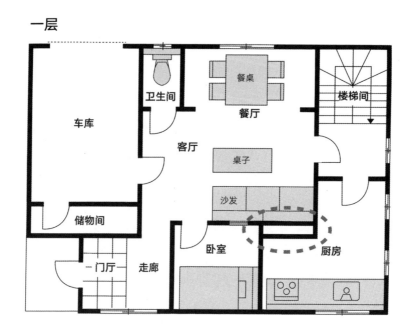

代表门

一层的厨房和客厅之间，有一处**神秘的空间**。

由于墙上没有门，进不到里面。柳冈问房地产商，对方也说不清楚。居住上没有什么不方便的地方，但他心里有点儿不舒服，所以犹豫着到底要不要买。

"因为你熟悉超自然现象"——这似乎就是他来找我商量的原因。"神秘的空间"这个词的确相当有超自然色彩，我也很感兴趣。可我在建筑方面完全是个外行，连平面图都看不太明白。

于是，我决定请求某个人的帮助。

栗原先生

我认识一个叫栗原的人，是大型建筑事务所的设计师。他还喜欢看恐怖故事和推理小说，此事找他商量正合适。

我向栗原说明了情况，他似乎很感兴趣，于是我立刻将房屋平面图的资料发给他，打电话听他的意见。

下面便是我和栗原的对话。

笔者　栗原先生，好久不见。感谢您抽时间和我聊这件事。

栗原　别客气。我看了你发来的房屋平面图……

笔者　嗯。对于一层没有门的那个空间，想听听您的看法。

栗原　嗯——可以肯定的是，这个空间是**有意建造的**。

笔者　是有意为之？

栗原　是的。从图里可以看出，这个空间是由**两堵原本没必要存在的墙**搭出来的。厨房里的这两堵墙。如果没有它们，就不会有这块"神秘的空间"，厨房还可以更宽敞。也就

5

是说，房屋主人需要这个空间，不惜牺牲厨房面积，也要在这里砌墙。

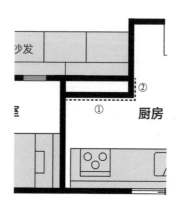

笔者 原来如此。需要用它来做什么呢？

栗原 说不定，一开始他们打算把这里做成一个收纳区？

比如这样，在客厅一侧安一扇门，这里就可以用作壁橱；在厨房一侧安一扇门，这里就可以用作碗橱。但在建造过程中房屋主人改变了心意，或是由于预算不够，安门之前放弃了这个方案。

笔者 这样啊。也就是说，放弃这一方案的时候已经开始施工，平面图不能再改，才留下了这么一个空间？

栗原 这样考虑相对合理一些。

笔者 所以跟怪谈什么的就不沾边喽？

栗原 应该是吧。不过……

——栗原的声音忽然阴沉下来。

栗原 话说这个房子，是什么人建的？

笔者	之前住在这里的人。好像是三口之家，一对夫妻带着一个小孩儿。
栗原	小孩儿……有多大年纪？
笔者	这些细节我就不太清楚了……孩子的年龄很重要吗？
栗原	其实，第一眼看到这个平面图的时候，我感觉这间房子很诡异呢。
笔者	是吗？除了那个神秘的空间，我倒是没发现别的地方有什么不妥。
栗原	诡异的地方在二层。你看那间儿童房，发现什么不对劲的地方了吗？
笔者	嗯……咦？这里有两扇门。双重门？
栗原	没错，而且门的位置也很奇怪。打个比方：从楼梯间上到

二层

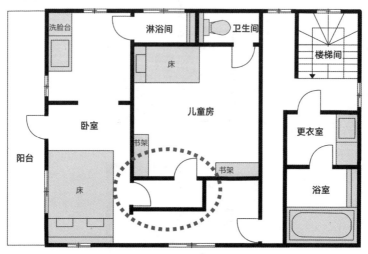

　　二层，再进入儿童房，要兜很大一个圈子吧。为什么要设计得这么麻烦呢？

笔者　确实挺奇怪的。

栗原　而且这个房间，一扇窗户都没有哦。

——我仔细一看，儿童房的确没有代表窗户的标记（▬▬▬）。

栗原　多数父母都希望儿童房尽量有好的采光……这种一扇窗户也没有的儿童房，至少我是没在独栋房屋中见过呢。

笔者　会不会有什么隐情呢？比如孩子有皮肤方面的病症，不能见太阳什么的。

栗原　那样的话，把窗帘拉上不就行了吗？而这间屋子压根儿一扇窗也没有，这一点很诡异啊。

笔者　原来如此。

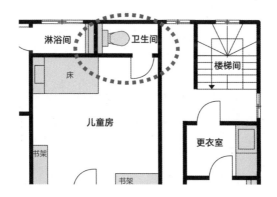

栗原　而且这栋房屋还有一个地方让人费解。请看厕所那里，从那扇门的位置来看，只能从儿童房进去对吧？

笔者　真的欸。是专门给儿童房配的厕所吗？

栗原　也许是吧。

笔者　没有窗户、双重门、带独立卫生间的房间……就跟单人牢房似的。

栗原　若说是大人对孩子的过度保护，可能又有点儿过了。这种设计透着大人想把孩子彻底控制住的强烈意志。或许大人是把孩子关在了这间屋里。

笔者　是虐待吗……？

栗原　有可能。更进一步分析，也许父母**不想让任何人见到这个孩子**。请看二层的整体平面图。

怎么说呢，你不觉得这个布局像是有意用所有的房间将儿童房围在最里面吗？不过，儿童房本来就没有窗户，想从外面看见孩子，也不可能。

我觉得，这对父母似乎想一直将孩子囚禁在屋子里，从根本上隐匿他存在的事实。

笔者　但他们为什么要这么做？

栗原　不知道。不过，只要看看平面图就会明白，这个家庭显
　　　然发生过不寻常的事情。

二层

两个浴室

栗原　对了，儿童房旁边是卧室吧。

笔者　是一间放着双人床的房间。应该是夫妻的卧室？

栗原　大概是吧。这间房间和儿童房不同，很敞亮，窗户也多。

——我一下子想起柳冈的话，"内部采光不错，空间敞亮"。

栗原　其实这个房间有些地方也不太对劲。平面图靠上的位置
　　　有一个淋浴间对吧？既然如此，旁边的房间应该兼顾更
　　　衣室的功能，但这样一来，从卧室里就能将更衣室一览
　　　无余。

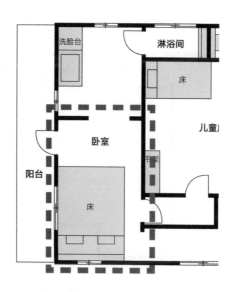

笔者 说起来，两个房间的分隔处没安门呢。

栗原 就算是夫妻，也不愿老被对方瞧见自己刚洗完澡的样子吧？我猜他们的关系肯定非常亲密。恩爱夫妻和被关起来的小孩——这种失衡的感觉让我有些毛骨悚然……唉，也许是我想太多了。

笔者 原来如此。咦？

栗原 怎么了？

笔者 淋浴间和浴室是分开的欸。这种情况不多见吧？

栗原 也不是完全没有，但确实挺少见的。话说，浴室里也没有窗户呢，淋浴间明明有那么大的窗户。

笔者 还真是。……这么一看，这栋房子确实挺诡异的。怎么办呢，最好还是别买了吧？

栗原 虽然平面图不能代表一切，但如果是我，应该不会买吧。

二层

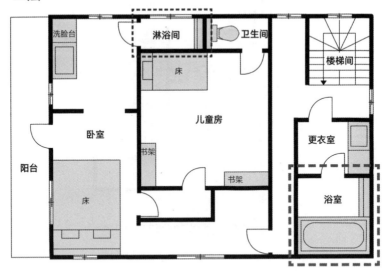

我谢过栗原后，挂了电话。

又看了一遍平面图，边看边发挥想象——囚禁在没有窗户的房间里的小孩儿，在双人床上呼呼大睡的父母。

我将一层和二层的平面图对比着看。只看一层的话，除去那个神秘的空间，这就是一套普通的房子。那个神秘的空间，真的是没做完的收纳间吗？

这时，我的脑海中掠过一**个臆测**。一个荒唐至极的臆测。我一边告诉自己"这不可能"，一边将两张图纸叠在一起。

没想到，结果准确无误地印证了我的猜想。

这是偶然吗？还是……

二层

一层

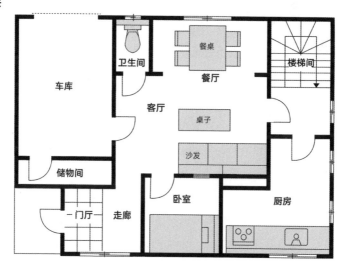

神秘的空间

我又拨通了栗原的电话。

笔者　不好意思，又来叨扰你。

栗原　别客气。怎么啦?

笔者　那个……我还是很好奇一层那个空间。我觉得，它说不定和二层的平面图存在某种关联。

栗原　原来如此。

笔者　于是，我把一层和二层的平面图叠在一起看了看……一层的那个空间，**正好跟儿童房和浴室的墙角重合欬**。简直就像架在这两个房间中间的一座桥。

栗原　啊，的确。

笔者　所以……这不过是我一个外行人的空想啊:一层的这个空间，会不会是一个**通道**呢?

比如在儿童房和浴室的地板上，各有一个通往一层的洞口。这两个洞口，都和一层的空间相连。

这样一来，人就可以通过一层的那个空间，来往于儿童房和浴室。这家的父母不想让外界知道家里有小孩儿。可是，想从儿童房去浴室，必须经过有窗户的走廊，如果这时被外人看见就糟了。所以他们直接在儿童房里建了一条通往浴室的暗道，方便孩子洗澡。而儿童房的书架，也许就是掩盖暗道入口的摆设……这是我的猜测，你怎么看?

栗原　嗯……你这个想法挺有意思的。

笔者　是我想得太多了吗?

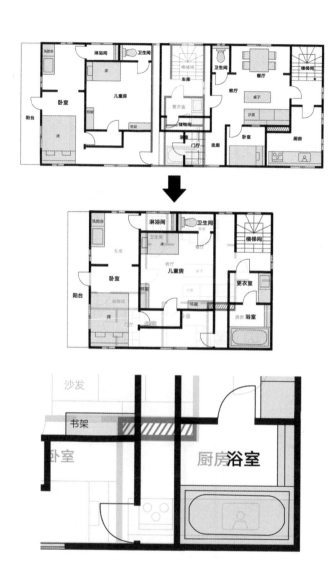

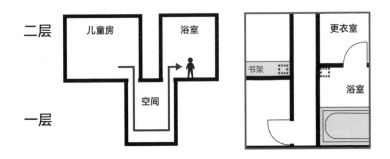

栗原 我确实有点儿疑惑：这家人真有必要做到这个地步吗?

笔者 ……是哦。不好意思。我就是突然想到这儿了。刚才的话，就当我没说过好了。

——我立刻为一本正经探讨这个问题的自己感到脸红。这个设想的确太不现实了。我正要结束这个话题，却听到栗原在电话那头嘟囔着些什么。

一层

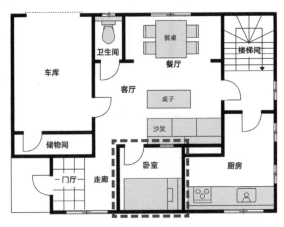

栗原 ……通道……不对，等等。如果是这样的话，这间屋子就是……

笔者 你发现什么了吗？

栗原 没，你刚才说的那些，让我想起一些别的事……对了，这套房子之前的居住者是丈夫、妻子、孩子的三口之家，对吧？

笔者 是的。

栗原 那样的话，床就多了一张呢。夫妻睡在二楼的卧室，孩子睡在儿童房。那么，一层这间卧室，是给谁用的呢？

笔者 嗯……可能是给来家里做客的客人住的？

栗原 嗯，应该是吧。我们不清楚对方的具体身份，但应该常有人来这个家做客。客人、没有窗户的儿童房、浴室和淋浴间，再结合刚才关于"通道"的推测，**一个故事的雏形就出来了。**

唉，我的想法才是真正的不切实际呢，不过你就当这些是我的胡思乱想吧。

胡思乱想

栗原 以前，这个家里住着一对夫妻和一个小孩儿。出于某种目的，孩子被关在儿童房里。夫妻俩经常往家里招揽客人。他们在客厅闲谈，然后在餐厅用餐。丈夫向客人劝酒，客人高兴地喝下去。妻子对醉得厉害的客人说：

"今晚睡在我家如何？反正还空着一间卧室。

"洗澡水也烧好了，请不要客气。"

二层

一层

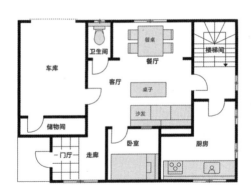

于是，客人被带到二层那间没有窗户的浴室。

确认客人开始洗澡后，妻子就给儿童房发信号。孩子便拿着某样东西，爬进地板的洞口，经由一层的通道闯入浴室。

然后……

用刀刺向客人的后背。

笔者 欸？！怎么会突然出现这种情节……？

栗原　哎呀呀，这些全是我的胡思乱想嘛。

光着身子，没有武器，喝得醉醺醺的客人压根儿不明白发生了什么，连反抗都做不到。孩子一次又一次地将刀刺向客人的后背，血流成河。最终，客人不知就里地倒在地上，停止了呼吸。

也就是说，这个家是**为了杀人建造的**。

笔者　不会吧……你是说着玩的吧？

栗原　嗯，基本上就是说着玩的。但到底是真是假，我也说不好。你在网上搜过"奇案"吗？

一搜索就会出现不计其数的有关离奇案件的记录，像充满恶意的恐怖小说一样令人毛骨悚然。这世上有的是扭曲得超乎我们想象的犯罪案件。

假如真有这样一对夫妻，改装家宅，为了不脏自己的手，利用孩子杀人……我觉得也不是没有可能。

笔者　不……可是……就算真是这样，那他们的目的是什么呢？

栗原　这个嘛，如果只是发自内心地想杀一个人，用不着设计这么多机关门道。对他们来说，这种杀人方式恐怕已经习以为常，重复了很多次了。那样的话，就不仅仅是因恨起杀心了。他们说不定是受人所托，忠人之事。

笔者　受人所托？

栗原　网络上有很多宣传"杀人代理"的网站，这些暗网一度成为社会问题。"杀人代理"中，几乎一大半是骗子，但据说也有人真的愿意接受杀人委托。听说要价低的，二三十万就愿意接下委托。"杀人代理"换个说法就是业余杀手，但随着时代的进步，他们的作案手段也越来越多，越发巧妙了。

笔者 也就是说，这座家宅是杀人代理商的工作现场？

栗原 是说不排除这种可能。不过，我也就是随便一想。

——利用小孩儿杀人的杀手夫妇。这"随便一想"，也太跳脱了。

栗原 让我再胡乱设想一个：刚才我们提到"书架是掩盖暗道入口的摆设"，儿童房还有另外一个书架对吧？

那么，这个书架下面，是否也可能有一个暗道入口呢？

笔者 这……

栗原 假如当真如此，那么暗道的另一端应该在哪儿呢？

笔者 嗯……储物间。

栗原 你也认为是储物间吧。这就说明，这套房子里还存在一条**处理尸体的通道**。

笔者 此话怎讲？

栗原 让我们回到刚才的故事——

夫妻俩平安无事地把人干掉了，可也不能把尸体放在浴室不管，得神不知鬼不觉地将尸体处理掉。于是他们再一次使用暗道，通过暗道搬运尸体。但洞口太小，成年人进不去。于是夫妻俩用锯子或其他工具将尸体切碎，让碎块能进出暗道，并且重量还要**孩子搬得动**。

笔者 欸？！

栗原 夫妻俩将切碎的尸块从浴室的暗道口扔下去。

孩子花上好几个小时，将尸块一块一块地搬进自己的房间，再将它们投入另一个暗道口。尸体就这样被人从浴室运到了储物间。储物间的隔壁是车库。接下来，夫妻俩将尸体塞进车的后备厢，直接开到附近的大山或树林里抛尸。

二层

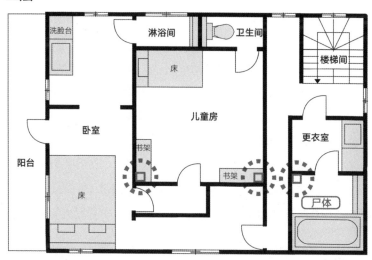

一层

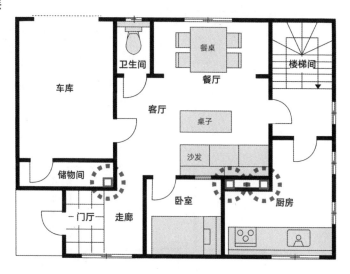

——这套房子的卖点之一便是"离车站不远，周边绿树成荫"。

栗原　这一整套流程，都是在没有窗户的屋子里进行的。也就是说，这家人可以在不被外界看到的情况下将人杀掉。年中无休，无论是白天还是黑夜，想什么时候动手都行。你觉得呢？

——刚才都是栗原一个人在说，我一直插不上话，现在我打算把自己一直以来的疑问直接丢给他。

笔者　嗯……假设你刚才说的全都是真的，这家人何必要把事做得这么绝呢？如果杀人的时候不想被外界看到，拉上家里的窗帘不就行了吗？

栗原　正因如此，才有必要这么做。一般来说，不想被外人看到家里情景的时候，人们才会拉上窗帘。杀人的话，就更是如此。从另一个角度看，**没有人会怀疑整天敞着窗**

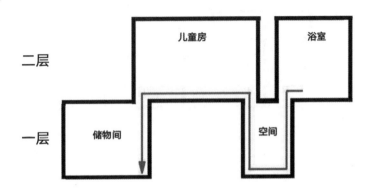

帘的人家会发生杀人案。

笔者　也就是所谓的心理战术？

栗原　是的。请看平面图，这套房子的窗户格外多。

　　　我简单数了一下，就数出了十六扇，像对外人说"请多看看"似的。这种设计似乎就是为了掩人耳目，藏起**绝不能让人看见的房屋**。

笔者　嗯……

栗原　唉，这些都是我的猜测，你不要当真哦。

　　和栗原打完电话后，我发了一会儿呆。

　　假如栗原说的都是真的，那怎么办呢？要报警吗？别开玩笑了，警察绝不可能认真对待。

　　"杀手一家建的杀人作坊"——如此脱离现实的设定，相信它的人才不正常。也许栗原一开始就存心想取笑我。

　　然而，我还有一个任务。那就是必须把刚才听来的内容，告知找我商量此事的柳冈。"杀人作坊"就算了，儿童房的事还是应该跟他说说的。

事实

笔者　喂，好久不见。

柳冈　啊，您好！上次给您添麻烦了，真是不好意思！

笔者　没事没事。今天我打电话就是为了这个。我刚刚跟设计师栗原先生通过电话。所以……我应该从哪儿说起呢……

一层

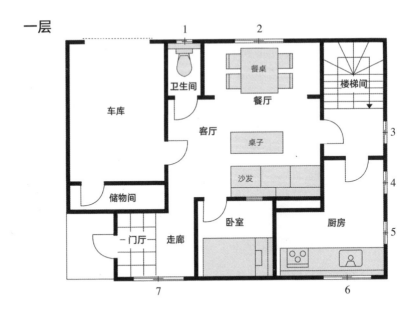

二层

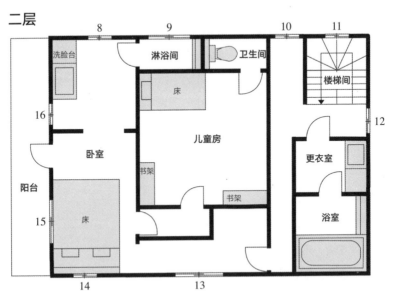

柳冈　啊——其实呢……有关那件事，我得跟您道歉……我已经决定，不买那套房子了。

笔者　欸！为什么呢？

柳冈　我想您已经听说了，毕竟发生过那样的事。

笔者　哪样的事？

柳冈　咦？您没看今天早上的新闻吗？听说那栋房子附近的小树林里，好像发现了碎尸。

笔者　欸……？

柳冈　这个蛮不吉利的嘛。所以今天早上，我就拒绝了。

笔者　这样啊……

柳冈　不过，我确实觉得挺可惜的。那套房子我相当满意呢，而且几乎是全新的。

笔者　对了，那套房子的房龄是几年来着？

柳冈　听说是去年春天那会儿建成的，也就一年多点儿。

——一套新建好的房子，才住了一年就要转手，这也未免太仓促了。

笔者　那个，我顺便问一句，您知道之前住在那套房子里的人现在住在哪里吗？

柳冈　哎呀，这个我就不清楚了。这属于私人信息，房地产公司应该也不会主动透露吧。

笔者　也对哦。

柳冈　因为不必要的事耽误了您的时间，真是抱歉！我下次请您吃饭！

挂掉电话后，我用手机打开新闻网站。

看到了这样的标题——《东京都发现尸体》。

八日，东京都××区的小树林里，发现了一具男性尸体。警视厅的××署正在调查死者的死因和身份。

根据警方消息，尸体的头部、四肢、躯干部分被切断，全部埋在同一个地点，唯独左手至今下落不明。

"唯独左手至今下落不明"……这是怎么回事？

而且，"埋在同一个地点"也很奇怪。多数情况下，作案者会将碎尸藏在各种不同的地方。这样警方发现尸体和调查的进度就会放慢，凶手可以争取到更多时间。可如果尸块都被埋在同一个地方，通常意味着凶手碎尸另有目的。

为了让尸体更方便地通过暗道？

不，这怎么可能？那只是毫无根据的空想。

我说服自己，关上了网站。既然柳冈已经不打算买那套房子，这件事就跟我一点儿关系也没有了。还是忘掉它吧。我打开电脑，埋头处理接近截稿日的稿子，却很难集中起精神来。

没有窗户的儿童房，栗原的臆测，真实发生的案件。

那栋家宅，究竟发生过什么？

报道

一个星期过去了，我仍然无法忘记那栋房子的事。无论是工作还是吃饭，那张房屋平面图时刻存在于我脑海的角落。我每天无数次打开新闻网站，查看之前那起碎尸案有无新的进展。

有一天，我试着将故事讲给平时对我关照有加的编辑听。对方提议："你不如以那套房子为题材，写一篇文章？说不定会有读者主动提供信息呢。"

说实话，我有些犹豫。那毕竟是一栋实际存在的房子，要写下毫无根据的推测，我实在有点儿打怵。

但同时，我的确很好奇，想知道关于它的更多消息。

最后我决定隐去房产的具体位置和房屋外观，让读者无法根据文章找出那栋房屋。可能无法达到收集信息的目的，但我仍抱着一丝期待，认为兴许能有什么新收获。

当时，我根本没有想到，写下那一篇文章，会牵出那么可怕的真相。

第二章　扭曲的平面图

一封邮件

文章发表后，我收到几封读者的邮件。大部分邮件是向我转达读过文章的感想，但其中一封引起了我的注意。

突然联系您，多有失礼。我叫宫江柚希。
我读了您前几天发表的文章。

关于那栋房屋，我有一些线索。

如果不会给您带来困扰，还望您能回信。请多关照。

宫江柚希

电话号码：×××-××××-××××

我大惊失色。之前说过，我在文章中隐去了地名和房屋的外观。就算看文章的人就住在附近，应该也无法确定房屋的位置。可这封邮件中，竟写着：关于那栋房屋，我有一些线索。

我也想过这有可能是恶作剧邮件，但寄件人还留了名字和电话号码，若是开玩笑，未免也太认真了。总之，就这样放着不管，我肯定放心不下。于是，我决定先联系寄件人试试看。

通过几封邮件往返，我得知了以下信息：
- 寄件人宫江柚希是住在埼玉县的公司职员。
- 宫江知道那栋房屋的一些内幕。
- 宫江想将自己知道的内幕告诉我，但情况复杂，想和我见面聊。

说实话，她要求直接见面，让我有些不安。仅凭邮件，我无法判断宫江的为人。假如她跟那栋房子有直接关系呢？

可是，在这儿干坐着，肯定解不开有关那栋房子的谜团。

这是一次机会。我做好心理建设，答应和宫江见面。

※※※

第二周的星期六，我前往约定的地点——一家位于中心闹市区的咖啡厅。当时正值下午，店里人不多。宫江还没到。

我点了一杯咖啡等着，紧张得手心直冒汗。

没多久，一位女性进了店。这位女性留着黑色短发，穿一件珍珠色的 Y 字领衬衣，年龄大概二十五六岁。由于事先问过对方的衣着特征，我立刻认出她就是宫江。

我举手示意，她似乎也认出了我。

宫江　今天把您叫出来，真是不好意思。给您添麻烦了吧。

笔者　没关系。您特意从大老远赶来，我才该向您道谢。要点点儿什么吗？

宫江点了冰咖啡。我多少放心了些，看来她（至少表面上）是个普通人。我们先聊了些无关紧要的话题。她说自己目前在埼玉县的公寓独居，做事务性的工作。

冰咖啡端上来后，我切入正题。

笔者　说起来，您在邮件里写的"关于那栋房屋，我有一些线索"，具体是怎么回事？

宫江　嗯，实际上……

——她略微低下头，像是怕被别人听到似的小声说：

宫江　我丈夫……可能被住在那栋房子里的人杀了。

第二栋房子

——我做梦也没想到会听到这样的话。"我按时间顺序跟您说明"，宫江开始向我讲述事情的详细经过。

宫江　三年前的九月，我的丈夫宫江恭一出门前对我说"我去一趟朋友家"，自此便下落不明。早知如此，我就多问几句了。总之我不知他到底去了谁家，警方也没找到目击证人，最终没找到人，便停止了搜寻。

　　然而，就在几个月前，埼玉县的一座大山里发现了一具尸体。DNA 鉴定表明，死者是我的丈夫。那具尸体有些不寻常……**尸体没有左手。**

笔者 欸？！

——前几天的那起案件中，警方唯独没找到的也是受害者的
左手。

宫江 警方说，我丈夫的左手很可能是被刀具之类的东西斩断
的。但他们得到的信息就只有这些，和凶手有关的线索
似乎一无所获。我丈夫身上究竟发生了什么？他被谁所
杀？凶手又为何非要斩断他的左手？我无论如何都想查
清真相，便从报纸、网络上收集各类可能与案件相关的
信息。就在这时，偶然读到了您的文章。

您在文章中写道"唯独受害者的左手至今下落不明"……
我丈夫的尸体也是这样。

还有"杀害客人"这一点。我怀疑，丈夫去的"朋友家"，
也许就是您文章里提到的那栋房子。

我当然知道，仅凭这两点就将这两起案件绑在一起，是很
勉强的。可我怎么也不相信，它们之间毫无关系……

笔者 原来如此，确实有相同的地方。不过，那栋房子是去年
春天建的。您丈夫是在三年前失踪的，对吧？那就是
说……

宫江 就是说，我丈夫消失的时候，**那栋房子还不存在。**

笔者 对的。

宫江 关于这一点，我有东西想给您看。

宫江打开手包，拿出一个透明文件袋，从里面抽出一张纸，放

在桌上。那张纸上，印着一张房屋平面图。

笔者　这张平面图是？

宫江　这有可能是那栋房子的住户曾经住过的房子。

笔者　曾经住过的？

宫江　东京的房子是去年建的。于是我就想，这家人之前住在哪儿呢？如果您文章的内容属实，或许这家人之前也一样，在另一栋房子里利用孩子杀人。

如果是这样的话，他们之前住的房子应该也有"没有窗户的儿童房"和"通往杀人现场的暗道"。

而如果他们之前住的房子卖出去了，肯定会有相应的房地产信息、平面图之类的登在某个地方。

我翻遍了房地产公司的主页，发誓要找出平面图和那栋房子相似的房产。

笔者　但是，房地产信息可多到数也数不清啊。

宫江　我有线索，目标明确，要找的房产多半就在埼玉县县内。

笔者　这是为什么呢？

宫江　丈夫失踪后，有一次我收拾房间，在桌子抽屉里发现了一只长款钱包。丈夫生前同时用两只钱包，它们各有各的用途。一只是长款钱包，里面装着万元钞和信用卡，他只在出远门或置办大件的时候用。还有一只是平时用的小钱包，只放月票和少量现金。

他把长款钱包留在家里，就说明他去的那户人家一定不会太远。我猜他至少没出埼玉县。埼玉县过去三年内的房产，尤其是离我们当时住处不远的——我按照这个范围，集中调查了售出的房产。

——宫江说着，目光落到桌上。

笔者 所以这就是……那栋房产的平面图？

宫江 对。在距我家步行二十分钟左右的地方。

——我将信将疑地拿起平面图，心中疑窦丛生。怎么这么容易就让她找到了呢？

这座房屋的形状极不正常。

门厅、卫生间、客厅。客厅旁边的那个三角形房间，是做什么用的？

看到二层的平面图时，我的背上爬过一丝凉意。

没有窗户的儿童房、独立卫生间，和那栋房子一样。

笔者 这儿童房，确实……很像啊。

宫江 不仅如此，请看一层的浴室。

笔者 啊……没有窗户。

宫江 是的。而且，更衣室左侧有一个小房间。像不像东京那套房子的"神秘的空间"？这个房间，正好在儿童房下面。

笔者 也就是说，如果儿童房的地板上有一个入口，能通往这个房间的话……

宫江 这里就会成为连接儿童房和更衣室的通道。这个房间有一扇小门，开在更衣室那边。

——孩子从入口下到这个空间，尽量不发出声音。客人开始洗澡。孩子看准时机，穿过更衣室闯入浴室，杀害正在泡澡的客人。虽然具体情况稍有区别，但这套房子和东京的那套房子一样，都有儿童房通往浴室的通道。当然，这一切都要建立在栗原的推测无误的情况下……

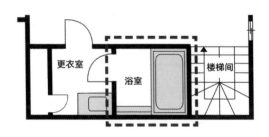

宫江 您怎么看……？

笔者 说实话，看到平面图之前，我一直在想"这不可能"，但看到这几个共同点，又觉得这两套房子应该多少有些关系。

二层

一层

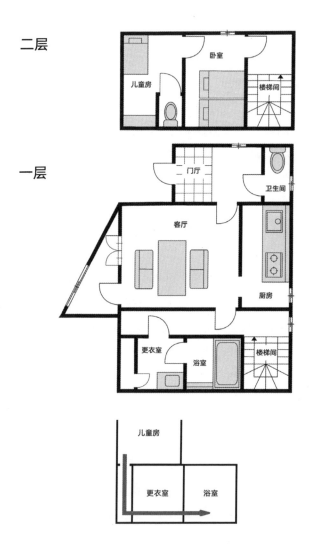

——我想这不可能是巧合。可是，这套房子之前真的是那户人家住过的吗？

笔者 对了，这套房子大概是什么时间被卖给房地产商的呢？

宫江 二〇一八年三月。

笔者 去年春天？正好和东京那套房子建好的时间一致呢。那它现在还在售吗？

宫江 这套房子，好像……已经没有了。

笔者 没有了？

宫江 相关网站上写着"停止出售"，我以为是有人买下了。一问房地产商才知道，几个月前，这套房子起了火，已经彻底烧毁了。

笔者 彻底……烧毁了？

宫江 我查了房子的具体位置，前几天去看了看，已经变成一块空地皮了。如果房子还在，怎么也能想办法调查……你看，这间屋子就很奇怪嘛。是干什么用的呢？

——宫江指着那个三角形的房间。

一层

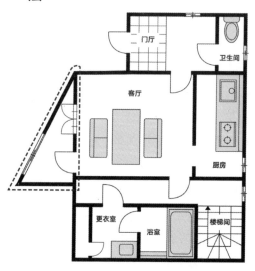

宫江 这套房子还有许多疑点。但直觉告诉我，多收集信息、搞清那套房子的情况，也许就能找到和杀害我丈夫的凶手有关的线索。尽管没有什么确凿的证据……

笔者 原来如此，我明白了。我先把这张平面图给设计师栗原先生看看，听听他的意见。这张纸我能复印一份吗？

宫江 您直接带走就好。还有这个——是相关网站上这套房子的页面，我也打印出来了，不知道对您有没有帮助。

笔者 谢谢，我先拿着。

宫江 耽误了您的时间，真的非常抱歉。也替我向栗原先生问好，请他多多关照。

我们离开了咖啡厅。在火辣阳光的炙烤下，我一下出了好多汗。

笔者 那个……恕我问一个失礼的问题：您先生生前曾和什么人结下仇怨吗？

宫江 据我所知，他没得罪过任何人。我丈夫为人真诚，很难想象有谁会对他起杀心……

笔者 这样啊……希望凶手能早日落网。

宫江 嗯……希望凶手能告诉我，一切到底是怎么回事。

我在车站与宫江道别，坐上回程的电车。系好安全带，翻看她给我的资料。

资料中记有房产地址、建筑及庭院面积、到车站的距离等信息。"房龄三年（二〇一六年）"，我的目光停在这行文字上。这套房子是二〇一八年卖给房地产商的，说明房主只住了两年就转手了。说起来，东京那套房子也是仅仅住了一年就卖掉了。

这套房子里，难道真的发生过杀人案？

坦白说，无论是听栗原推理的时候，还是写文章的时候，我都没把这一切当真。因为那些都是无凭无据的臆测。

可今天见过宫江后，臆测便有了真实感。

不过，利用孩子杀人的代理杀手——我总觉得栗原的假说有点儿牵强，或许另有隐情。

对了，我拿出手机，搜索"宫江恭一"这个名字，出现几条热点新闻。我打开其中之一，是今年七月的消息。

警方查明，上个月二十五日在埼玉县××市发现的尸体，是二〇一六年失踪的宫江恭一先生。宫江先生的尸体左手被斩断……

"左手被斩断"这几个字引起了我的注意。

换句话说，尸体被斩断的部位只有左手。也就是说，**宫江恭一的尸体并非碎尸**。

我打开新的页面，搜索之前东京发现的那具尸体的消息。案件仍然没有进展。

两具尸体的左手都不见了，可一具是碎尸，另一具不是。凶手当真是同一个人吗？

差异

到家后，我将宫江给我的平面图和东京那套房子的平面图做了对比。

相似的地方很多，但也有不同之处。

例如埼玉的房子没有车库。既然没有车库，这套房子里自然也不存在处理尸体的通道。

这时，我发现了一个事实。

在埼玉那套房子里杀人，没有**从暗道运送尸体**的步骤。也就是说，没必要将尸体切碎。是不是这个原因……宫江恭一的尸体才不是碎尸？那么，凶手是怎么将尸体运到外面的呢？

※※※

当天晚上，我给栗原写邮件讲了今天发生的事，并将收到的资料做成电子版发给了他。我感到有些疲惫，发完邮件没一会儿就睡了。

第二天一早，电话铃声将我叫醒。是栗原打来的。

栗原　早上好，抱歉一早就打给你。我看了昨晚的邮件。我们
　　　　一会儿能不能见个面？我看出些名堂来。

栗原听上去像是彻夜未睡，研究了一晚上平面图。他可真是精
力旺盛。我不忍心让熬了一夜的他出门，于是提出去他家。

栗原家

栗原住在世田谷区梅丘的公寓。那是一栋四十年前建的老房子，
绝对算不上好看，但他似乎十分满意。

公寓距离车站需步行二十分钟。现下已是十月，但暑气仍未消散，
到他家的时候，我已经浑身是汗。

我按下门铃，栗原穿着 T 恤和短裤来开了门。我们好久没见面
了，但他还是老样子，头发剃得短短的，下巴上留着胡子。

栗原　抱歉让你特意跑一趟。外面很热吧？请进，屋里有点儿乱，
　　　　请别介意。

——我走进房间，客厅大概八张榻榻米大小。书摊得到处都是，
有不少是建筑类的，更多的是推理小说，数量非同一般。

笔者　你的书还是这么多啊。
栗原　哎呀，我挣的钱大部分都用来买书了。

二层

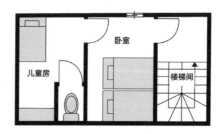

儿童房

卧室

楼梯间

一层

门厅

卫生间

客厅

厨房

更衣室

浴室

楼梯间

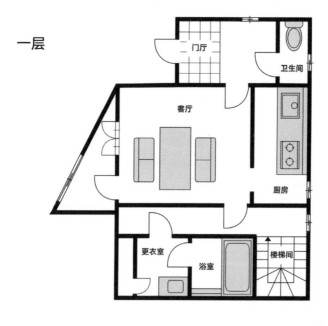

埼玉

44

二层

一层

东京

——他边说边递给我一杯大麦茶。我坐着歇了口气，他便将一张纸放在桌上。

栗原 这是昨天你发过来的平面图，我打印出来了。好吓人啊，居然又蹦出一套房子来。

笔者 我刚看见的时候也怀疑自己的眼睛来着。

栗原 不过，这个叫宫江的人挺厉害嘛，竟然能依靠有限的信息找出这样一套房子。

笔者 也许是心怀执念……想找到杀害丈夫的凶手吧……
说起来，宫江觉得这个三角形的房间很奇怪。你知道这间屋子是干什么的吗？

栗原 这间屋子很诡异。我不了解具体细节，但有一点是可以确定的：**这是一个增设的房间**。

笔者 增设？你怎么知道的？

栗原 三角形的房间和客厅之间有一扇窗户，对吧。这叫"室内窗"，也就是在房间和房间之间打的窗户。室内窗并不少见，但很少用图上这种类型的。图上这个叫"对开窗"，窗户全打开的时候，会给三角形的房间制造很大的压迫感。

笔者 确实是这样。都快擦着墙了。

栗原 另外，"对开窗"的优势就在于透气性和采光性，安在这个位置会被三角形房间的墙挡住，风和光几乎都进不来，完全无法发挥它的功能。那么这个位置为什么会有窗户呢？我想，也许这扇窗原先是**朝着户外的**。

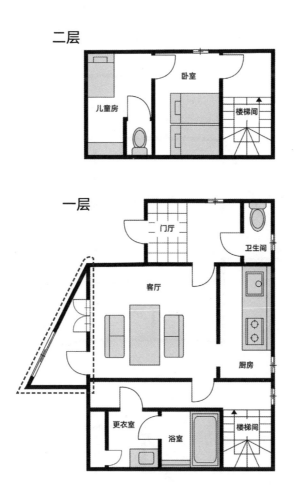

——栗原用手遮住三角形的房间。

栗原　这套房子刚建好的时候，是不存在这个三角形的房间的。你看，如果没有三角形的房间，它就是一套形状普通的房子。从客厅的窗户可以看到户外，那扇门是通往

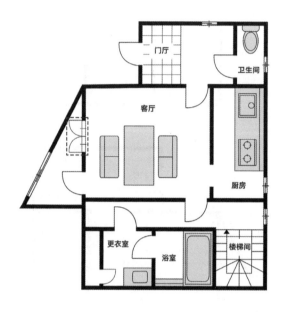

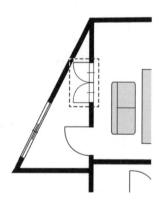

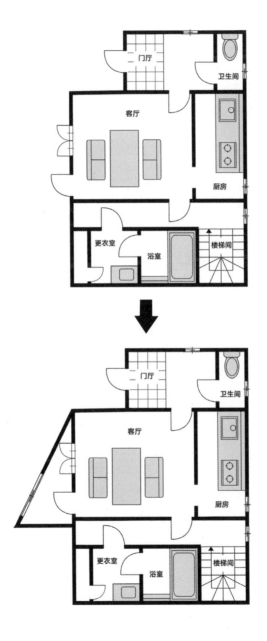

庭院的。

笔者 所以，住户是在原来庭院的位置，增设了三角形的房间。可是，为什么要建这样一间屋子呢？

栗原 我不清楚住户建这间屋子的目的，但大概能猜到**这间屋子为什么是三角形**。

笔者 嗯？

——栗原将笔记本电脑放在桌上，电脑屏幕上是一张高空俯视照片。

栗原 昨天收到你发来的资料后，我在网上查了这套房子的地址。嗯……就是这里。

——他手指的位置，是一块用围墙围起来的梯形空地。照片应该是房屋在火灾烧毁后拍的。栗原拿出便笺本，画出了那片土地的形状。

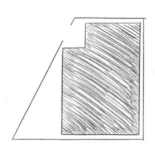

栗原 这套房子原本是在一块梯形的土地上建的，是这样的形状。多出来的那块三角形地皮，被用作庭院。这套房子

没有阳台，院子里大概放了晾衣杆什么的吧。后来出于**某些原因**，必须增设一个房间。于是按照土地的形状，建了那个三角形的房间。

笔者　这样啊。看来是迫不得已才建成三角形的。

栗原　是的。只是，即使如此，依然有可疑之处。

——栗原在便笺本上将画面补足。

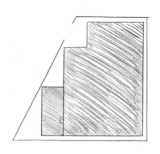

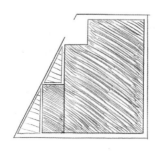

栗原　比方说，住户完全可以增设一个这样的房间。长方形的，面积也差不了多少，更方便作为房间使用。施工时也相对容易。但他们为什么没有这样做呢？原因也许出在庭院上。

如果增设一个长方形的房间，就会余下两个小空间。不方便当作庭院使用。可如果房间是三角形的，留出来的空间就相对大一些。

笔者 那么，住户是为了留一块地方做庭院，才将房间设计成三角形的？

栗原 我一度是这样认为的。可是，仔细想想又不太对劲儿：**没有通往庭院的门啊**。最开始，客厅的门是通往庭院的。可增设了三角形房间后，这扇门就没有这个作用了。其他房间也没有门通到院子里。也就是说，没法从房子里的任何地方到庭院去。

笔者 嗯……但可以从门厅那边走吧？从三角形房间旁边穿过去，不就行了？

栗原 走不过去。昨天我结合高空俯视照片和资料中的数据算了一下，围墙和三角形房间之间那条窄道大概在二十到三十厘米。成年人是过不去的。

笔者 那就是说，从哪儿都进不去院子……？

栗原 是的。总不能爬上墙头走过去吧。所以增设了三角形房间后，这个院子就废了。

笔者 那为什么还要特意留着这块地呢？

栗原 我估计不是特意留出来的，而是不得不留。也就是说，**不能在这块地上建房间**。

笔者 这是什么意思？

栗原 建房子的时候，有个步骤叫"打桩"，将长桩打入地基之中。可能当时存在某种原因，使这块地不能打桩。

笔者 某种原因？

栗原 比如地基太硬或太软，都是不能打桩的。不过，很难想象唯独这么一小块空间的土地特性和旁边不同。这样一来就只剩下一种可能：**这块地下面有点儿名堂**。比如说……有个地下室。

笔者 欸？！

被埋藏的房间

栗原 我跑个题，这套房子没有车库吧。

假设真有人在这套房子里杀了人，没有车就无法把尸体运出去。尽管可以租车，或者借公共停车场一用，但这样的话，只能把车停在房子旁边，再将尸体搬进去。这就会有被人看到的风险。如果凶手不惜为杀人专门建一栋房子，很难想象他们会冒这个风险。那么，要怎么处理尸体呢？我猜，他们也许**把尸体藏在了家里**。

笔者 你是说，房子里有专门放尸体的地方？

栗原 是的。这个地方在哪儿呢？得有一定的面积，并且密

闭性好，不能让臭味四处弥漫，还要和生活区有一定
距离。当然，不能让外界看到也是关键。这套房子里
没有能满足上述条件的房间。既然如此，就可能存在
地下室。

——栗原指着更衣室旁边的空间。

栗原 这块地方，有没有可能既是通道又是**地下室的入口**呢？
夫妻二人将倒在浴室的死尸拽到这里，打开门，直接把
尸体藏进地下室。这样就把尸体处理掉了。

笔者 可如果有地下室，应该会反映在平面图上啊。

栗原 这张平面图是登在网上的房产信息，应该是房主将房子
卖给房地产商的时候，房地产商制作的。说不定房主卖
掉房子之前，已经将地下室填埋了。

笔者 也就是说……现在地底下还有尸体？

栗原 不，基本没有这种可能。既然将土地卖给了别人，对方
随时都有可能挖开这块地。尸体应该在房主填埋地下室

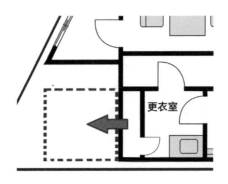

之前就被藏到其他地方去了。事实上，宫江恭一先生的尸体也是在大山里被发现的嘛。

笔者　确实……

变化

栗原　可如果是这样的话，这个三角形的房间就更奇怪了。凶手有什么必要冒着风险，建这么一个房间呢?

笔者　风险?

栗原　增加房间是个大工程，肯定会有工人进进出出，还会引起邻居们的注意。对他们夫妻来说，这才是最致命的啊。有什么必要冒这么大的风险，建这样一间屋子呢……当时到底发生了什么?

——这时，窗外响起了十二点的钟声。

栗原　都这个点儿了啊。我们点外卖吧。

——我们点了附近一家荞麦面店的外卖当午餐。荞麦面送到之前，我把自己的想法告诉了栗原。

笔者　其实，我打算最近去东京那套房子那儿看看。

栗原　为什么?

笔者　埼玉的房子已经烧毁了，东京的那套目前还在出售。找到房地产商，对方应该会同意让我到房子里面看一看。

假如在房子里找到一些线索，甚至是杀人证据，就能搞清楚那套房子是否真的曾被当作杀人的工具了。这样一来，大概也可以请警方出马了。

栗原　……这恐怕很难。

笔者　是吗？

栗原　卖房子的时候，验收的工作人员肯定检查过。既然通过了验收，至少不会还有一眼就能看出来的证据留着……血迹、受害者遗留的物品等肯定都不见了。暗道口肯定也堵上了吧。

用专业技术或许能检测到受害者的 DNA 什么的，但看房的过程中是不可能完成的。我觉得，与其急着去看房，还不如先和我一起，把平面图的谜题完美地解开呢。

笔者　你是说三角形房间的事？

栗原　三角形房间也包括在内，不过我对这两套房子的区别更好奇。

——栗原将两套房子的平面图都放在桌上。

栗原　比如说，窗户的数量不同。埼玉这套房子的窗户非常少，东京的房子却有很多扇窗，仿佛对大家说"请看看我家"似的。

儿童房的房门也不一样。东京的房子是双重门，埼玉的房子只有一扇门。隔壁的夫妻卧室也很奇怪。埼玉的卧室有两张单人床，也就是说，夫妻俩在这套房子里是分床睡的。可在东京的房子却是双人床，两人一起睡的。一般来说，不会因为搬家导致夫妻俩更甜蜜吧。这两个人之间，也许

二层

卧室

儿童房

楼梯间

一层

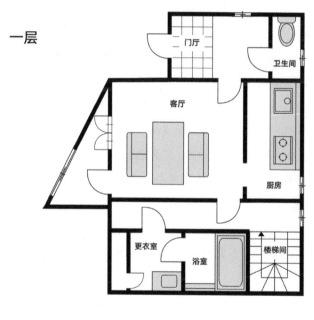

门厅

卫生间

客厅

厨房

更衣室

浴室

楼梯间

埼玉

发生了什么变化。

如果住在两栋房子里的都是同一批人，那么为什么会发生这种变化呢？了解了变化的原因，或许就能将那个家庭看得更清楚。

笔者　原来如此。

栗原　但说起来，去东京的房子那儿看看，倒是个不错的主意。说不定光看外观，也会有所收获呢。啊，外卖快到了吧？

——吃完饭，我离开了栗原的住处。在回家的电车上，我将今天的谈话总结在笔记中。

- 三角形房间是出于某种原因增设的。
- 为了在庭院地下存放尸体，可能建造过地下室。
- 埼玉和东京的房子存在不同之处：窗户数量、儿童房的房门、夫妻俩的床。

到家后，我将要点整理成一封邮件，发给宫江。几小时后收到了回信。

承蒙关照。

我是宫江。

非常感谢您的来信。

仅仅通过一张平面图，就得到了如此详细的信息，真是很惊人。也请您替我谢谢栗原先生的帮助。

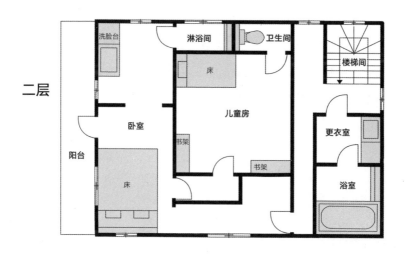

二层

一层

东京

59

我还有一个任性的请求，您能否与我再见一面？我想向您当面致谢，同时，还有一件事想告诉您。我可以去东京找您，若方便，请告诉我合适的时间。

宫江柚希

东京的房子

　　下一周的星期天，我很早便出了门。今天跟宫江约好下午三点见面，但在此之前，我另有一个地方要去——东京那栋房子，那里是一切的开始。就像栗原说的那样，哪怕只站在外面看看，或许也能有所发现。

　　房子距离最近的车站需徒步十分钟，置于一片安静的住宅区里。
　　屋墙刷成白色，庭院里有绿色的草坪，外观非常普通，门口挂着"出售"的门牌。很难想象，这样一栋房子里曾经发生过杀人案。我怀着讶异的心情，打量着这栋建筑。
　　突然，一个声音传来。

　　"您找片渊先生吗？他已经搬走啦。"

　　我循声望去，隔壁房子的院子里，站着一个女人。她看上去五十来岁，抱着一只小狗，似乎脾气很好。

女人 您是片渊先生的熟人？

笔者 片渊先生是……？

女人 就是以前住在这里的那位先生呀。

——"片渊"……原来那户人家姓片渊。

女人 您不认识片渊先生？那您到这里来是……？

——糟糕。总不能说自己是"来看杀人宅子"的吧？

笔者 嗯……其实我正打算搬家，想看看这一带有没有合适的房子。今天出来散步，就正好过来看看。

女人 啊呀，这样哦。这一带蛮安静的，是个好地方哦。

笔者 空气也很好，看起来应该会住得很舒服呢。

女人 这套房子也不错吧？又大又漂亮。也不知道片渊先生为什么要搬走。

笔者 请问……片渊先生是个什么样的人？

女人 片渊一家非常和睦呢，孩子也可爱得不得了。

笔者 欸？您见过他家的小孩儿吗？

女人 嗯，一个小男孩，叫"浩人"。他们搬过来的时候，说是孩子刚过一岁生日。那孩子经常和妈妈一起出门。

——我整个儿陷入混乱。如果她说的是真的，就不存在夫妻俩监禁小孩儿的事。

女人　不过呢，有一天他们一家突然就搬走了。我可寂寞啦。

笔者　突然搬走的吗？

女人　嗯。都是邻居，跟我说一声再走也好啊……

笔者　连声招呼都没打吗？

女人　是啊。不知道是不是遇到了什么事。

笔者　那他们搬走之前，片渊先生有表现出什么异常吗？

女人　……嗯……说起来，我家老公之前说，好像看到过奇怪的一幕。

笔者　能详细给我讲讲吗？

女人　能是能……但你为什么对片渊一家这么感兴趣？

笔者　呃……没什么，我就是有点儿好奇……

女人　唉，讲就讲吧。大概是……三个多月之前的事吧。我老公半夜起来上厕所。从我家厕所的窗户，能看见片渊先生家。我老公说，他家大半夜还开着灯，而且有个人站在窗户前面。喏，就是那边的窗户。

——女人的手指着片渊家的二层，夫妻卧室的窗户。

女人　我老公好奇是谁在那里站着，仔细一看，竟然是一个没见过的小孩儿。

笔者　欸？！

女人　他说是一个面色苍白的小男孩儿，年纪看上去大概读小学高年级。片渊家没有这个年龄的孩子呀！我估计是亲戚的孩子过来玩，第二天早上，就问了片渊先生。他却告诉我："我家没有这么个孩子。"

笔者　这可真是……挺奇怪的。

女人　唉，无论如何，只要他们一家人平平安安的就好啦。

我向女人道谢后，离开了那里。一边走，一边有不好的预感持续不断地涌上心头。

片渊家有两个小孩儿。

我打电话给栗原，将刚才听说的事讲给他听：浩人的事，突然搬家的事，还有站在窗前的孩子的事……栗原听完陷入了沉思，片刻的沉默后，他平静地说：

"如果……那家有两个孩子的话，平面图的谜底就解开了。你现在方便到我家来吗？"

我看看表，十一点刚过，距离和宫江见面还有不少时间。

我决定前往栗原的公寓。

两个小孩

栗原家里的书还是堆积如山，桌上摊着房屋平面图。

笔者　真是惊人。没想到竟然有两个小孩儿。

栗原　我也疏忽了，竟然还有这种可能。不过如果有两个小孩儿的话，之前搞不明白的地方一下子就说得通了。我先按时间顺序，把事情经过捋一遍。

埼玉的房子建于二〇一六年。两年后的二〇一八年，这家人搬到了东京。根据邻居提供的信息，当时浩人刚满一岁。

所以浩人生于二〇一七年。也就是说，浩人是片渊一家住在埼玉那栋房子里的时候出生的。

浩人出生前，埼玉的房子里住着三个人：丈夫、妻子，还有那个身份不明的小孩——我们叫他"A君"吧。

夫妻俩将A君监禁在二层的儿童房里。

然而，某一天，这一家发生了突然的变化。第二个孩子——浩人出生了。这个三角形的房间，是不是为了浩人建的呢？

笔者 欸？！也就是……儿童房？

栗原 没错。尽管地方不大，但还是能放下一张婴儿床的吧。屋里有一扇大窗户，采光也好。

笔者 不过，能利用长子杀人的父母，会特意为二儿子建一间屋子吗？

栗原 这正是问题的关键。分析邻居说的话，夫妻俩应该很疼爱浩人，平时经常带他出门。他们对浩人的态度简直和对A君天差地别。

这样一来，我们就可以推测：A君也许不是他们亲生的。对了，之前你告诉我，东京那栋房子"以前住着三口之家"。这话你是听谁说的？

笔者 听柳冈先生说的，好像是房地产商告诉他的。

栗原 这证明片渊一家对房地产公司说了谎——实际上是住了四个人嘛。可在签合同的时候，一旦提交住民票，这个谎言立刻就会被戳穿。

谎言之所以直到最后都没被戳穿，是因为片渊家的住民票上根本就没有 A 君的名字。这个小孩儿没有户籍，说不定是被买来的孩子。

笔者 人口买卖？

栗原 嗯。总之，夫妻俩对 A 君没有任何爱意。但即使是这样的人，也知道疼爱自己的子女。他们在亲儿子浩人身上倾注了寻常父母对子女的爱。人嘛，就是如此，有着可怕的双面性。

——和别人的孩子比起来，肯定更疼自己亲生的孩子。这是人之常情。但这种推测还是让我难以接受。片渊夫妇的人性令我难以琢磨。

栗原　好了，从这儿往下就是我的想象了——

夫妻俩很苦恼，不知道该在哪里抚养浩人。在这座房子里，杀人无异于家常便饭。他们不想在这样的环境下抚养捧在手心里的亲儿子，希望尽量让他在其他的地方长大。可这又是不可能的。

作为补偿，也作为妥协，他们建了这个三角形的房间。平面图上，唯独这间屋子仿佛是从整套房子中挤出来的。唯独这间屋子不属于这座阴暗的杀人凶宅，屋里洒满阳光。浩人就在这间屋子里长大，对一切浑然不知。

笔者　照你这样说，夫妻俩同时还监禁着 A 君，强迫他杀人。如果他真为浩人的幸福着想，就不应该再杀人，而不是去建什么屋子。

栗原　可能是想要金盆洗手，实际情况却不允许吧。

笔者　啊？

栗原　我以前就思考过这个问题。这对夫妻真的是出于自身的意愿杀人的吗？也有可能是听从某些人的命令，迫于威胁才这么做的吧。

笔者　你是说，主谋另有其人？

栗原　对。如果是这样的话，这对夫妻无异于生活在地狱之中，恐惧与罪恶感一定塞满了他们的全部情绪。对他们来说，此时出生的浩人就成了唯一的希望。让浩人幸福地成长，也许就是他们的救赎。

笔者　那他们就是把自己的人生寄托在浩人身上了……

栗原　嗯。按照这个思路往下想，我对这套房子的看法也有了很大变化。

——栗原将东京那套房子的平面图放在桌子中间。

栗原　二〇一八年，一家人出于某些原因，搬到了东京，并借此机会建了新家。我之前对这套房子的判断有误。这是一套经过夫妻俩周详的考量设计的房子，真正做到了杀人育儿两不误。

两面

栗原　这套房子有两张面孔，也可以说，是光明和阴暗两面。
　　　光明，指的是客厅、厨房、卧室等，有许多窗户，可以光明正大地让外面看到的房间。这些房间，全是为了浩人建造的。在这些房间里，夫妻俩按照"理想一家人"的剧

二层

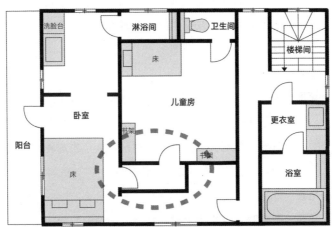

本，抚育浩人长大。

而与之相反，这套房子也有阴暗的一面：儿童房、浴室、秘密空间。夫妻俩在这些见不得阳光的昏暗房间里，命令A君杀人。光明与阴暗的分界，就是连通卧室与儿童房的双重门。

第一次看到这张平面图时，我以为设计双重门相当于双保险，是怕孩子从房间里跑出来才建的。可是埼玉那套房子的儿童房，却不是双重门。这一点我之前一直想不通，现在总算明白其中的理由了。

这双重门，是为了**避免A君看到浩人**而建的。打个比方，父母到儿童房给A君送饭的时候，假设只有一扇门，A君可能会看到浩人。如果有两道门，就不必有这个顾虑了。

笔者　他们不想让A君知道浩人的存在吗？

栗原　唉，既然住在同一个房子里，一定能听到声音，A君不可能完全意识不到浩人的存在。可没人知道，假如A君真的见到浩人，会作何反应。浩人的境遇和A君正相反，A君说不定会嫉妒他，想要加害他。这是夫妻二人害怕看到的。或许他们一方面管束着A君，一方面又怕他乱来。

笔者　原来如此。

栗原　好了，这样一来，双人床的谜团也解开了。在埼玉那套房子里，夫妻二人分别睡在单人床上。可东京的房子里只有一张双人床。这个区别是怎么产生的呢？我先说结论：这张双人床不是夫妇俩睡的。

笔者　欸？

栗原　我猜睡在这张床上的，是浩人和他的妈妈。把床放在这个位置，就可以一边照顾浩人，一边监视儿童房的状况。

就算最糟糕的情况发生——A君从房间里跑出来，做母亲的也可以保护浩人。

之所以能从卧室一览无余地看到更衣室，是方便孩子的母亲在更衣室的时候，也能看顾到卧室的情况。

笔者 如果真是你说的这样，孩子的父亲在做什么呢？

栗原 他大概负责看管整个房子。

二层

一层

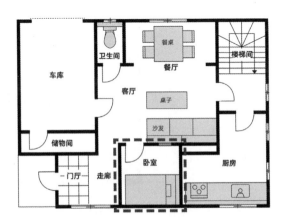

你看一楼的卧室。它也可以用作客人的卧房，不过平时应该是父亲的卧室吧。这家人把杀人当作家常便饭，相应地，自己的生命也会有被人盯上的危险。我猜父亲的使命就是"守城"，确保妻子和孩子的人身安全不会受到威胁。

笔者 不过，照这么说，A君平时都是被监禁在房间里的啊。那邻居见到的那个孩子，又是怎么回事呢？

栗原 大概是那天发生了什么，至少是夫妻俩不希望发生的异常事态。对了，邻居家的先生见到的，是**孩子站在卧室窗前的身影**吧？

笔者 是的。

栗原 卧室的窗边就是床。如果这张平面图没有错，那孩子是不可能"站在窗前"的。实际上，A君应该是**坐在床上**。邻居家的先生不知道那个房间有床，所以看到孩子后，误以为他"站在窗前"。

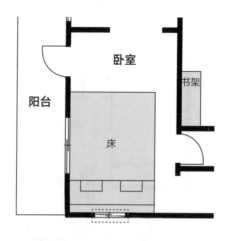

当时，A 君在母亲和浩人睡着的床上做了什么呢？

笔者　不会是想要加害他们俩吧？

栗原　……不知道。但是，这家人在这件事发生后不久便搬走了。那很可能与当天晚上发生的事有关。

秘密

栗原　啊，你的时间来得及吗？你一会儿还跟人有约吧？

笔者　对。约好了三点和宫江小姐见面。

栗原　你要见宫江小姐啊……其实，这一个星期里，我查了很多有关宫江恭一先生案子的事。

——栗原从地上捡起一本记事本，哗啦啦地翻开来。

栗原　我查了当时的报纸和网络新闻，还真有不少消息。其中有一个信息，引起了我的注意——宫江恭一先生，好像没有太太。

笔者　欸？！

栗原　你看看这个。

——我接过栗原手中的记事本，里面有许多跟案件相关的报道，都是他剪下来的。其中之一可能是当地报纸的报道，上面确实这样写道：

"……受害者宫江恭一先生没结过婚……"

笔者　可是……宫江小姐确实说那是她丈夫……

栗原　或许两人是同居关系，也可能是订婚的状态。不过，你最好还是不要对她太不设防。

※※※

一点半，我离开栗原的公寓，朝车站走去。"有事随时联系。"栗原送我出门时说。

有汗水从额头流下来。不只是天热的缘故，还因为有无数思绪在我的大脑里纠缠。

接下来，我要见的这位自称"宫江柚希"的女士，究竟何许人也？她为什么要接近我？她和那家人是什么关系？还有，她邮件中"想告诉我的事"，究竟是什么？

我到了车站，正好有一辆急行列车驶入站台。就这样直接去找她，真的没问题吗？

下午两点四十五分，我还未捋清思绪，便已经来到约定的那家咖啡店。心跳得飞快。说实话，我很不安。现在掉头回家还来得及，可这样的话，真相就还在云雾之中。

我终于下定决心，拉开了咖啡店的门。

走进店里，环顾四周，宫江已经来了，坐在最里面，看到我便起身问好。我紧张地走到餐桌旁边。

简单地寒暄几句之后，我刻意没有提起心中的困惑，先将栗原推理的内容告诉了她：那家人有两个孩子，夫妻俩对浩人百般宠溺，平面图的真正意思……我边说，边观察她的神色。

她起初还边听边应和着，但随着谈话的深入，似乎逐渐板起脸来。当我讲到那家人突然搬离了那套房子的时候，她说了句"抱歉"，逃也似的离开了座位。

奇怪。从上次见面时，我就隐约有所察觉。

宫江对那家人的情绪，不像是对加害者家庭的愤怒。

"希望凶手能告诉我，一切到底是怎么回事。"——上次分别前，她说的这句话听起来也很别扭。

不久，宫江回来了。

看样子她已经平静下来，但眼睛四周红了一片。她刚刚是哭了吗？

笔者　您还好吗？

宫江　不好意思……

笔者　那个……我这个问题很不礼貌……但我想确认一下，您和宫江恭一先生，到底是什么关系？刚才我看了跟案件相关的报道，提到"宫江恭一先生没结过婚"。

——片刻沉默过后，她似乎放弃了心中的某种挣扎，轻轻叹了口气。

宫江　……看来您已经发现了……骗了您，是我的不对。

笔者　所以说，果然是……

宫江　是的。宫江恭一先生的确不是我的丈夫。

我真正的名字是……**片渊柚希**。那户人家的**片渊绫乃，是我的姐姐**。

73

姐妹

我有些搞不清楚目前的状况。眼前这个女子，竟然是那套房子住户的妹妹……

"此事说来话长。"她说了这么一句，然后向我讲起事情的原委。

一九九五年，我在埼玉县出生。父亲是公司职员，母亲打零工。我家不算富裕，但日子也不至于捉襟见肘，算是相对幸运的家庭。

我有一个大我两岁的姐姐。

姐姐名叫绫乃，温柔又漂亮，我为有她这样的姐姐感到自豪。姐姐很疼我，我也很爱姐姐。

可是，在我十岁那年的夏天，姐姐突然从家中消失了。一天早上，我睁开眼睛，本该睡在身旁的姐姐没了踪影。不仅如此，床铺、书桌、衣服，和姐姐有关的东西全都不翼而飞……我吃惊地问母亲，母亲只对我说了一句："从今天开始，你姐姐不是我们家的孩子了。"除此以外，她再也没有其他解释。

我感到事有蹊跷。姐姐怎么可能一转眼就成了别人家的孩子……即使我那时还小，也知道这件事绝不寻常。

但是，父亲和母亲一听到我提起姐姐，就满脸不高兴，年幼的我也没有足够的智慧和能力去寻找姐姐的下落，只好接受了这个事实。

尽管如此，我却没有一天不想念姐姐。每天晚上，孤单的我都在被窝中哭泣。我甚至一度以为，只要一直等下去，姐姐总有一天还会回来。这份期待成了我心灵的支柱和活下去的勇气。但渐渐地，这种天真的想法也成了我的奢望。

姐姐不见之后，我的家庭也逐渐走向崩溃。父亲突然辞去工作，将自己关在屋里，一天到晚都在喝酒……二〇〇七年，他酒后驾车出了交通事故身亡。

后来，母亲和一位名叫清次的男人再婚，对方十分强势，我无论如何也无法对他产生好感。

当时我正处在叛逆期，一点儿鸡毛蒜皮的小事也会和家人争论不休，这一点是我的不对。我和母亲的关系也渐渐恶化，高中毕业后，我马上就从家中独立出来了。

再后来，我在学长的帮助下进入县内的一家公司工作，在公司附近租了公寓，开始了独居生活。

二十岁后，我的生活慢慢稳定下来，很少再想起家里的事。或许应该说，是我刻意不让自己想起。因为对我来说，那个家里发生的难过的事太多太多了。

然而，二〇一六年十月，我突然收到一封信。

是姐姐寄来的。

由于实在太久没有联络，收到信时我十分震惊。姐姐不可能知道我的住址，我想，大概是母亲告诉她的。

信上是我熟悉的姐姐的笔迹——"一直见不到你，我很孤单""不知道柚希现在过得好不好，有些担心""希望我们有机会能见面"。

而我知道姐姐还平安无事地活在这个世上，就已经很开心了……

我本想立刻回信给她，信上却没有寄信人的地址，于是我拨通了姐姐写在信中的手机号码。

电话那头传来的姐姐的声音比之前成熟，但那温柔的语气和淡淡的鼻音却一如往昔。我开心极了，那天我们总共通了一个多小时的电话。

我得知姐姐不久前结了婚，如今在埼玉县生活。

姐姐的丈夫叫庆太。姐姐说结婚时，丈夫选择随了她的姓片渊，所以，自己婚后仍然是"片渊绫乃"。她还说，虽然现在不太方便，但今后一定要请我去她家看看。

我们还聊了许多小时候的事，以前那些好朋友的事，现在喜欢做的事……

不过，有关那件事……那一天姐姐突然从家中消失的事，我问了她好几次，她却怎么也不肯回答。所以，我始终不知道姐姐这些年到底在哪里，做了些什么。

从那以后，我和姐姐开始频繁地联系。

我很想直接和她见面聊一聊，但姐姐已经成家，又似乎有不便告诉我的隐情，我便有所顾虑。即使是这样，我已经觉得比姐姐杳无音信的那些年幸福了许多。

可有一天，姐姐突然告诉我："我生小孩儿了。"这时，我到底感受到了我们姐妹的生分。此前，我竟不知道姐姐已经怀有身孕。

姐姐也许是忙于育儿琐事，之后有一段时间和我断了联系。虽然寂寞，但只要一想到姐姐现在过得幸福，我也就满足了。

姐姐久违地与我联系，是今年五月的事。

那次我听说，姐姐一家搬到了东京。我万万没有想到，姐姐会在电话中邀请我去她的新家。

十三年未见，姐姐仍是我记忆中的样子，却俨然成了一位端庄美丽的母亲。她的丈夫庆太人非常好，儿子浩人和姐姐很像，十分可爱。我看到的，是一个理想的家庭。

现在想来，那天的确有几个疑点。

姐姐告诉我："楼梯正在修理，所以去不了二层。"新建的房子就要修理，我当时觉得有点儿奇怪。

还有……怎么说呢？姐姐和姐夫好像一直很紧张，总是小心翼翼的。那时的我放过了这些琐碎的、不自然的细节，事到如今，我后悔不迭。

去过姐姐在东京的家两个月后，姐姐再次和我断了音信。

我打了很多通电话，姐姐一直不接，LINE① 也是未读的状态。我担心她遭遇不测，就去了一趟她东京的家。那栋房子却已经人去楼空。我向附近的住户打听，对方告诉我，姐姐在几周前突然搬走了。

姐姐不会是遇上什么大事了吧……我心中有不好的预感。回忆起来，姐姐的一举一动都很奇怪：我们明明住得很近，她却不和我见面；动不动就失去联系；现在又突然搬家……姐姐身上一定发生了什么。意识到这一点，我坐立不安。

---

① 韩国互联网集团推出的一款即时通信软件。

我先去找了断绝关系已久的母亲，想着母亲也许知道姐姐的去向。但母亲的嘴很严，什么都不告诉我。

我还试图找警方商量，但吃了闭门羹：警方不会将普通的搬家视为案件。房地产公司也说住户的去向属于个人隐私，没向我透露任何信息。

这样一来，最后的一线希望就是姐姐以前在埼玉的住处了。说不定他们一家搬回以前的房子了？老实说，我也知道这种可能性微乎其微，但除此以外，我再也没有别的指望了。

我决定以姐姐最开始寄来的信为线索，寻找她在埼玉的住处。

尽管信上没有地址，但邮戳上有邮局的名字。这说明她的住处就在那附近。最后一次见面的时候，姐姐告诉我，之前那套房子已经卖掉了。我查过后发现，那一带最近只卖出去一套房子。我立刻查了地址，赶过去一看，那里已经成了一块空地皮。

就在我毫无线索、走投无路的时候，偶然读到了您的文章。

看到那张房屋平面图的时候，我的心脏几乎停止了跳动。那毫无疑问就是姐姐的家。

文章的最后一段还写着："唯独左手至今下落不明。"我之前好像听说过类似的案件。

是宫江恭一先生的案子。我只在新闻网站看到过一次，但"手被斩断"的内容让我感到一股难言的恐惧，从而印象深刻。

我调查后发现，宫江先生住在姐姐家附近。不妙的预感又来了。

假如文章里写的都是真的，要怎么办呢？

如果让写文章的人看看埼玉那套房子的平面图，说不定会有新发现——我抱着这样的想法，和您取得了联系。

但我想，如果直接表明自己是"住户的妹妹"，您一定会有所警惕，不愿与我见面。可若说自己是和案件毫不相干的陌生人，您则可能觉得我是在胡闹……于是，我便自称是宫江恭一先生的妻子。

我知道这样做很对不住您。万分抱歉。

她的声音颤抖着，多次向我道歉。

笔者　片渊小姐……您别再低着头了。该反省的人是我才对，我完全是觉得有趣，才写了那篇文章的。如果能帮上您什么忙，我会全力支持的。

片渊　谢谢您……

先兆

笔者　不过，听完您刚才说的这些，我觉得童年时期您姐姐的失踪应该是这一切的开始。如果单纯是孩子丢了，还有被拐卖或离家出走等可能，但您的父母都默认了这一事实，确实有些不寻常。

片渊　我也这么想。

笔者　您姐姐失踪之前，有没有发生过什么异常的事？或者说，有没有什么征兆？比如家人的状态不对劲儿什么的。

片渊　这个嘛……我不确定有没有关联，但在一星期前，我们全家去祖父家住过。在祖父家的时候……

笔者 发生了什么吗？

片渊 嗯……当时，我的堂弟在一场事故中去世了。不过，堂弟的死在我看来……实在是很不正常。说起来——

——这时，店员来撤空杯子，片渊小姐的话停了下来。兜里的手机在振动，我一看，是栗原发来了消息：
"你还好吗？你们见完之后，给我讲讲经过。"

——我产生了一个想法。

笔者 那个，您介意一会儿和栗原先生见个面吗？把这件事讲给他听，他说不定会从中找到某些线索。

片渊 没关系吗？如果不给您添麻烦，请务必安排我们见面。

※※※

我走到店外面，给栗原打电话，告诉他事情的大概经过。他爽快地答应下来，只提了一个要求："我家这么脏，可不能让女孩子落脚。"他指定了一个地方，我们过去与他会合。

租赁空间

我们见面的地方在下北泽车站前的商住大楼，店面招牌上写着"提供租赁空间"。

我和片渊率先到达，没过几分钟，栗原也来了。他穿得比平时正式一些。三个人互相打了招呼。栗原似乎还对片渊心存戒备。他还不知道她对我说谎的理由，心存戒备也是自然的。也许正是因为这样，他才没把我们叫到家里去吧。

我们在窗口办好手续，被带到四层的出租会议室。三个人围在一张桌子前。我得先把之前的情况讲给栗原听。

由我概括大体的情形，片渊负责补充，栗原边听边记笔记。

栗原 原来如此……是这么一回事啊。

片渊 对不起，欺骗了二位。

栗原 没事没事。听完这些，我总算放心了。所以您不是"宫江小姐"，而是"片渊小姐"，对吧？

片渊 对的。

栗原 那么，有关您祖父家发生的那起事故，可以请您直接讲给我听吗？

片渊 好的。

2006　堂弟在外公外婆家因事故（？）身亡
　　　姐姐失踪

2007　父亲酒驾出交通事故身亡
　　　母亲再婚

2014　柚希独立

2016　姐姐来信

2017　姐姐生下浩人

2018　姐姐一家搬去东京

2019　柚希去姐姐家做客
　　　姐姐一家失踪

第三章　记忆中的平面图

对称的家

片渊 那是二○○六年的八月，我们一家人去 ×× 县（为保护隐私，隐去县名）父亲的老家住。印象中，父亲的老家附近只有几栋民宿，几乎没什么人住在那一带。

我们每年暑假回去已经成了惯例，但我并不怎么喜欢去祖父家。原因是祖父家总让我感到阴森恐怖。用语言很难说明，我直接给您看他家的平面图吧。

——片渊打开手包，从里面拿出一张纸。那是一份用铅笔手绘的房屋平面图。

笔者 这是您画的吗？

片渊 是的。我在网上查了画平面图的方法，凭着儿时的记忆，试着画了一张。房间大小只画了个大概，而且我完全是个外行，二位看着可能会费点儿劲。

——片渊有些不好意思地说。栗原接过平面图，仔细查看。

栗原 不，您画得很细致呢，竟然能记住这么多细节。

片渊 我的记忆力不算太好，但这套房子的布局很有特点，令

85

我印象深刻。

——这是一套左右对称的房子，中间有一条长长的走廊，的确很有特点。后来我才知道，这套房子选择这样布局，自有房主的用意。片渊一面看图，一面追寻着记忆，讲起房子内部的装潢。

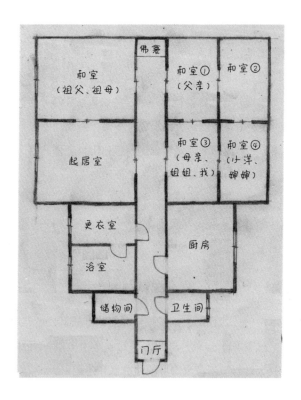

片渊 从门厅进来，就是一条昏暗的走廊，走廊尽头可以看见巨大的佛龛。从近到远，是储物间、卫生间、浴室、厨房，再往里，就是铺了榻榻米的和室。

面对佛龛，左侧的起居室是大家一起吃饭的地方，隔壁是祖父和祖母的房间。我的祖父叫重治，祖母叫文乃，他们好像每天的大半时间都待在自己的房间内。

右边分成四个房间，每间大概六张榻榻米大小。房间的编号是我添的，方便给二位说明情况。

父亲住在编号①的房间，我、姐姐和母亲睡在③号房间。②号房间是空的，④号房间则由婶婶美咲和她的孩子小洋居住。

笔者 小洋就是在事故中去世的你的堂弟？

片渊 是的，他比我小三岁，名叫洋一。

——我发现，图上没有小洋父亲的房间。

笔者 那么，小洋的父亲呢？

片渊 事故发生的半年前因病去世了。他父亲叫公彦，是家里的长子，结婚后也住在家里，照顾祖父母。但他好像心脏一直不太好……在孩子马上要出生的时候离世，一定很不甘心吧。

笔者 孩子……？

片渊 当时，美咲婶婶的肚子里怀着孩子。月份已经很大了，到了随时都可能分娩的阶段。

笔者 这孩子算是公彦先生的遗腹子了。

片渊 是的。怀孕时没了丈夫，婶婶一定很难过。没想到后来小洋又遭遇不测……

——丈夫病死后半年，长子因事故身亡。即使是偶然，也难免让人联想到因缘果报。

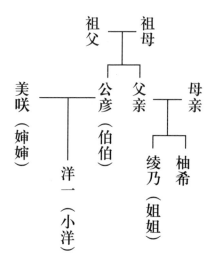

片渊家家谱

祖父 — 祖母

美咲（婶婶）— 公彦（伯伯）— 父亲 — 母亲

洋一（小洋）

绫乃（姐姐）— 柚希

——这时，栗原发现了一件事。

栗原　片渊小姐，小洋的房间没有窗户吗？

笔者　欸？

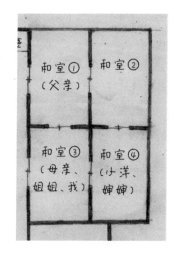

和室①
（父亲）

和室②

和室③
（母亲、姐姐、我）

和室④
（小洋、婶婶）

——我一看，④号房间确实没有画窗户的标记。不，不仅如此……

笔者　右边的四间和室，都没有窗户啊。

片渊　是的。画图的时候我才想起来，住在祖父家的时候，即
使是白天，关上灯后屋里也是一片漆黑。小时候，我并
没觉出其中的古怪，一直没放在心上……

栗原　说到"没有窗户的房间"，很难不让人联想起**那两套房子**
啊。其中有什么渊源吗？

片渊　我也这么想。可除了没有窗户，我无论怎么努力回忆，
也想不起来其他古怪的地方……祖父家没有暗道口，也
没有打不开的空间。当然，我也从未感受到这栋房子里
困着什么人。只是……

栗原　只是……？

片渊　有一扇拉不开的拉门。

——片渊指着①和②号房间的中间。

片渊　只有这扇拉门，怎么拽也拽不开。小时候我以为是上了

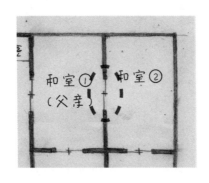

锁，但门上的任何位置都没看到类似锁眼的东西。

笔者 那其他的拉门呢？

片渊 其他的拉门都可以顺畅地开合。

笔者 也就是不存在进不去某个房间的情况喽？

片渊 嗯。但是，要进②号房间，就必须经过③号和④号房间。可能是因为不太方便，②号房间就一直没有人用。

栗原 "一直"？也就是说，这扇拉门长期都处于拉不开的状态？

片渊 好像是的。但那栋房子很有年头了，我也不清楚门是从什么时候开始拉不开的。

笔者 那这套房子大概是什么时候建的呢？

片渊 听说是昭和初期。

笔者 真是有年头的老房子了。

片渊 嗯……其实，这套房子以前好像是某个公馆的一部分。

笔者 公馆？！

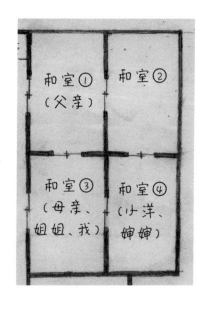

——"我稍微跑个题"，片渊先说了这么一句，然后讲起这栋房子的历史来。

片渊 祖父曾经告诉我，片渊家在"二战"前算是大户人家，靠多种家族事业积攒了雄厚的财力，家境最好的时候住在很大的公馆里，还雇了很多用人。

　　然而，某一代的当家突然将家业全权交予他人，在自家地皮的一角建了一座偏房住下，自此闭门不出。那之后，家道渐渐衰落，到了昭和中期，公馆也被拆毁了大半。

　　后来，片渊家的子孙将唯一留下来的偏房改建，勉强维持着生计。

笔者 那座偏房就是这套房子吗？

片渊 是的。据说那位当家一味沉溺于宗教，左右对称的房屋设计，好像是遵从了那门宗教的传统。

栗原 可是，那个闭门不出、沉溺于宗教的人身上，究竟发生了什么呢？

片渊 他的太太好像很早就过世了，他似乎因此一蹶不振。建这座偏房，或许也是为了给太太诵经。

　　最里面不是有一个佛龛吗？据说这个佛龛，供奉的就是他的太太。佛龛和走廊同宽，左右没留一点儿空余，刚好嵌到这块空间里。也不知到底是比着房子的尺寸做了佛龛，还是为了做佛龛建了一套房子，但我总觉得，整套房子都像一座巨大的佛堂。

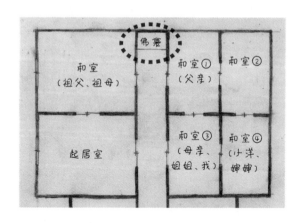

——巨大的佛堂……这座佛龛，的确像一家之主似的，镇于房子的中央。

片渊 我不喜欢去祖父家，就是因为害怕这座佛龛。它实在让我毛骨悚然——高大得需要人仰视，闪着异样的黑光，整个家里唯独它像个怪物。祖父腿脚不好，多数时候都躺在床上，但打理佛龛一事，却是他每日必做的功课。有一次，祖父叫我帮忙清扫佛龛，我第一次得以窥见佛龛里面的模样。

平时紧闭着的两扇小门中，摆着我没见过的佛具和曼陀罗花纹的巨画。如今我仍然记得自己心中那难以言喻的恐惧。其实……

——片渊欲言又止。沉默几秒钟后，她才再次开口，声音暗哑。

片渊 其实，小洋就死在这座佛龛前面。

小洋死去的地方

笔者 死在佛龛前面？

片渊 没错。那是我们住下后第三天的早上。好像是清晨五点左右，美咲婶婶神情慌乱地把大家叫了起来。我们跟着她来到走廊上，只见小洋仰面朝天，倒在佛龛跟前。他面色苍白，头上流的血已经发硬发黑。我碰了碰他的身体，冷冰冰的……直觉告诉我，小洋已经断气了。

接着，常给祖父家看病的医生来了，正式宣告了小洋的死亡。"要是我发现得再早些就好了"——美咲婶婶哭得上气不接下气的样子，至今仍然深深地烙印在我的脑海中。

笔者 听你的描述……小洋是从佛龛上摔下来死掉的吗？

片渊 应该是吧。家里的所有人都这样说："他大概贪玩想爬到佛龛上，中途踩空掉了下来。"

但我总是觉得这个说法很别扭。何况那佛龛很高，一个小孩子自己根本爬不上去。

——片渊在平面图纸的边角处，用铅笔画了一张图。

片渊　记忆中，中间那一段的高度大概到我的肩膀，怎么算也超过了一米。下面没有脚能搭上去的地方，至少我是爬不上去的。小洋比我矮，也不擅长运动，很难想象他会独自爬上那座佛龛。

笔者　这样啊。

片渊　而且，小洋很怕那佛龛。我也一样很怕，但小洋的怕有点儿不一般。他在走廊上的时候，都尽量不往佛龛那边看。他主动往佛龛上爬这种事……几乎是不可想象的。

栗原　那你的家人们都没提过这些吗？

片渊　没有。大家似乎都深信不疑，认为那就是一起事故。不仅如此，当我要说出自己的看法时，他们还对我发火，说什么"小孩子别瞎说"，不听我的话。

栗原　医生当时是怎么说的？

片渊　我对细节没印象了，大概是说小洋磕到了头，伤了脑子之类的吧。

笔者　也就是脑挫伤吧。

栗原　医生有没有质疑他的死因？

片渊　一点儿也没有。那医生是个老爷子了，路都走不稳，讲起话来也有点儿稀里糊涂……说实话，没人知道他的话有几分可信。

栗原　那警察来了吗？

片渊　没来。只有美咲婶婶提过一次"要不要叫警察来现场取证"，但所有人都不同意，最后，她似乎是放弃了。也许只有婶婶发现了小洋的死因不同寻常。

笔者　即便是发生在家里，但到底是死了人，叫警察来也是正常的处理方式。为什么大家都不同意呢？

栗原 是不是有什么不方便叫警察的缘由呢?

片渊 ……

笔者 ……

——很明显,尽管我们谁都没说出口,却都想到了**一种可能**。如果小洋不是死于事故,就是自杀或**他杀**。至少在片渊的描述下,这家人的状态明显是很可疑的。他们也许是在包庇某个人。那么,被包庇的人是谁? 大家为何要包庇他呢?

时间之谜

栗原 医生不可信,警方也没有去现场取证,那就只能以片渊小姐的回忆为线索了。片渊小姐,能不能告诉我们,小洋死之前的一天,都发生了什么?

片渊 好的。那天我们一大早就去给公彦伯伯扫墓。不过,祖父是留在家里的。扫墓回来,我们在路上买了点儿东西,又去了趟公园,到家的时候,已经是傍晚了。

然后大家吃了晚饭,轮流去洗澡,再然后就回了各自的房间。我和姐姐还有小洋在③号房间玩了一会儿游戏。没多久,小洋好像困了,就回了自己的房间(④号)。现在想来,那是我最后一次见到他。

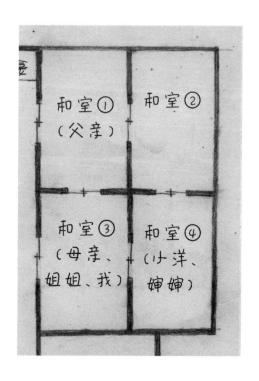

栗原　你还记得当时大概是几点吗？

片渊　大概……当时电视里在播放 NHK 的《晚间新闻》，应该
　　　是快九点的时候。小洋回屋后，我又和姐姐玩了三十分
　　　钟左右的游戏，直到母亲对我们说"快睡觉吧"，才不情
　　　不愿地进了被窝。姐姐很快便睡着了，我却精神得很，
　　　根本睡不着。直到凌晨四点左右，虽然躺在被窝里，却
　　　一直醒着。

栗原　这段时间，你有注意到什么异常吗？比如有谁进过房间
　　　什么的？

片渊　没有，我醒着的时候，什么也没发生。

栗原　这样啊……

——栗原略微沉思，用笔指着平面图。

栗原 片渊小姐，①号房间和②号房间之间的拉门是打不开的，
对吧？

片渊 对。

栗原 那就是说，小洋要去走廊，必须经过你所在的房间。但是，
你醒着的时候，没有任何人进来过。这就意味着，小洋
是在你睡着后——四点以后死掉的。他的尸体五点被人
发现，说明死亡时间在四点到五点之间。

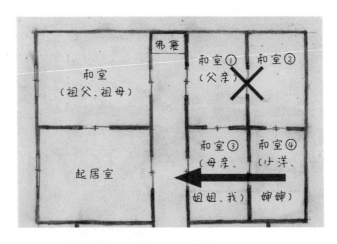

——栗原的话听起来有些别扭，好像和之前的话在某个地方矛
盾。我回想几分钟之前的分析，想到了一个问题。

笔者 不好意思，片渊小姐，你刚才说，发现小洋尸体的时候，
你"碰了碰他的身体，冷冰冰的"，是吗？

片渊 是的。

笔者 以前我采访外科医生的时候，听受访者说过，人死后需要经过一定时间，身体才会变得冰冷。如果没有大出血，死者的体温大概能保持**两小时**。小洋当时大概流了多少血？

片渊 只从头上的伤口流出一点儿血来，血量不是很多……欸？那就是说……

笔者 小洋的死亡时间至少在尸体被发现的两小时之前，也就是三点以前。

片渊 可是……

栗原 那段时间，小洋应该是待在房间里的。前后矛盾了啊。

推测的
死亡时间段

晚上 9：00 左右　小洋就寝

晚上 9：30 左右　姐姐就寝

凌晨 3：00 左右

可能走动的
时间段

凌晨 4：00 左右　片渊就寝

凌晨 5：00 左右　小洋的尸体被发现

——小洋没有经过片渊小姐的房间，依然来到了有佛龛的走廊上。他是怎么做到的？我凝视着平面图，陷入了深思。

栗原 ……只有一种可能。

片渊 欸？

栗原 根据时间推断，如果小洋是从佛龛跌下来死掉的，确实前后矛盾。但如果小洋是死**在房间里**的呢？

笔者 死在房间里？

栗原 三点之前，小洋在自己的房间里伤到头，死掉了。四点以后，某个人将他的尸体搬到佛龛前面。这样一来，时间就对得上了。

笔者 确实如此……可这是谁干的呢？他又为什么要这么干呢？

栗原 我猜，凶手这样做是想伪造小洋的死因。

——凶手……就是说……

笔者 这果然不是事故，而是一起杀人案吗？

栗原 尽管没有确凿的证据，但也只能这样推测。

凶手在④号房间用钝器之类的东西击打小洋的头部，将他杀死。然后将尸体放在原地，四点到五点之间，将尸体搬到佛龛前面，让大家以为小洋是摔死的。

片渊 原来如此……

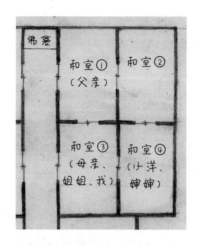

栗原　……我本以为是这样的。

笔者　欸？

栗原　刚才我推演了一遍，这个推理并不完美，存在**两个漏洞**。

一是凶手。按照这个逻辑推断，凶手就是和小洋在同一个房间里的美咲婶婶。并不是说母亲不可能是杀害孩子的凶手，但婶婶是家中唯一发现尸体后想要报警的人，她是凶手的可能性不大。

还有一个漏洞在于声音。如果小洋是在房间里被打死的，一墙之隔的片渊小姐肯定能听到声音。片渊小姐，你有听到什么吗？

片渊　没有，那天晚上一直很安静。

笔者　那就说明……

栗原　小洋不是在房间中遇害的，我的推理有一半是错的。但**凶手为了伪造死因，特意将尸体放到佛龛前面这一点**，想必没有错。

整理一下就是：凶手将小洋带出房间，在家中的某个地方杀了他，之后将小洋的尸体放在佛龛前。现在我们需要解决的问题是：凶手如何带走小洋，以及是在哪里对他下的手。

——这时，片渊好像忽然想起了什么。

片渊　说起来……祖母说过，她半夜听到了一个声响。
笔者　声响？

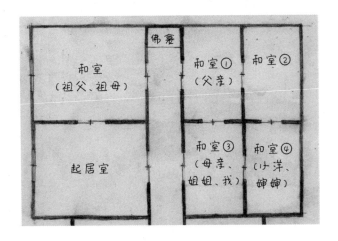

片渊　嗯。她说："半夜一点左右，旁边的房间'咚'的一声，把我吵醒了。我去看了看，可没发现什么异常。当时，佛龛旁边一个人也没有。"我们听她说佛龛旁边没有人，觉得那声音和小洋的事无关，就没太往心里去。
栗原　"旁边的房间"，指的是起居室吗？
片渊　我想是的。

——怎么说呢？片渊小姐祖母的话，不可思议地牵动了我的心。我端详着图纸，目光停留在某个地方。

笔者　请问，您的祖母去起居室，为什么要经过走廊呢？

片渊　欸？

笔者　您的祖母去旁边的房间时，确认了"佛龛旁边一个人也没有"，对吧？也就是说，她去过走廊一次。但她的房间和起居室中间有一扇拉门。从屋里就可以直接到起居室，她却特意从走廊经过，这有点儿不自然啊。

片渊　确实……这么说来，"旁边的房间"也许指的是右边的和室吧。

笔者　那她指的就是①号房间，您父亲睡觉的房间了。如果是这样的话，您祖母提到这件事后，您的父亲应该回答些什么才对。

片渊　是哦。

笔者　栗原……你怎么想？

——栗原默不作声地盯着平面图看了一会儿，沉静开口。

栗原　你发现了问题的关键。没错，"旁边的房间"不是起居室，也不是右边的和室。

片渊　但这座房子里，再也没有其他的屋子，可以被称作"旁边的房间"了啊。

栗原　是不是还有其他房间，没有被画到这张平面图上呢？

片渊　欸？

隐藏的房间

笔者 没被画上去，是什么意思？

栗原 这张图仅仅是片渊小姐记忆中的平面图。不包括没见过的、被隐藏的房间。

笔者 你是说……这套房子里有隐藏房间？

栗原 将我们刚才说的内容整理一下，似乎只有这一种可能。

——栗原拿起铅笔，在平面图上添了一根线。

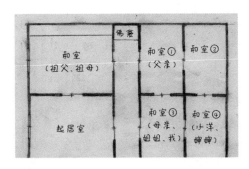

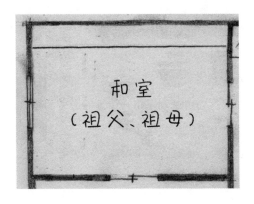

笔者 这是……

栗原 祖母的房间旁边，也许有一个被墙隔开的隐藏房间吧。

笔者 这样的话，"旁边的房间"就说得通了。但你怎么确定它是在这个位置呢？

栗原 很简单，在一个四边形的房间里，"旁边的房间"只有四种存在的可能——东、西、南、北四个方向。

祖母房间的三面墙上都有拉门或窗户，只有一面墙上没有。如果存在隐藏房间，只可能在既没有拉门也没有窗户的位置。

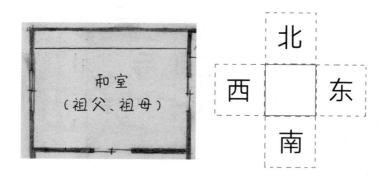

笔者 但这个房间是做什么用的呢？

片渊 ……用于囚禁。

笔者 欸？

片渊 如果这套房子和东京、埼玉的房子的**建造目的相同**，房子里一定也有用于囚禁的房间。

栗原 我同意。而且，这个房间里还关着一个和"A君"境遇相同的孩子。

——A君……仅为杀人而抚养的小孩儿。也就是说这个家中也……如此一来，小洋和浩人的形象不由得在我脑海中重叠。

笔者　难道说，是那个孩子杀了小洋？

栗原　不，这种可能性很小。一个被囚禁的孩子从房间里跑出来，杀了小洋，再将尸体放在佛龛前面……这有些难以想象。恐怕是某个人出于某种目的，将小洋带到用于囚禁的房间，在那里杀掉他的。

笔者　可是，这间屋子要从哪里进去呢？

栗原　片渊小姐的祖母为了去"旁边的房间"而来到走廊上，这说明房间入口在走廊的某个位置。走廊上只有一个地方挨着隐藏的房间：**佛龛**。

片渊　欸？！

栗原　片渊小姐，您前面说过"佛龛和走廊同宽，左右没留一点儿空余，刚好嵌到这块空间里"，对吧？
这座佛龛，原本也许是这样的吧。

——栗原重新画了平面图。

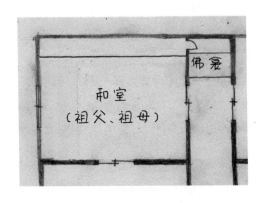

笔者 佛龛的后面有一道缝隙……?

栗原 佛龛用来遮挡通往隐藏房间的门。您不是说这座佛龛高得需要仰视吗?您小的时候,是看不到里面的缝隙的。

片渊 但要怎么走到那扇门前呢?祖母的话,怎么也没法爬上佛龛,再从上面翻过去吧……

栗原 我记得您说过:佛龛里面,装饰着曼陀罗花纹的巨画。那幅画后面,也许有一扇隐蔽的门。穿过那扇门来到佛龛后面,就能进入用于囚禁的房间。是清楚这一构造的人将小洋带到那里杀掉的。

笔者 凶手为何一定要在这间屋里下手?

栗原 凶手下手的理由,正是破解这套房子谜题的关键。

原本的面貌

栗原 让我们按顺序想想看。

半夜一点左右,凶手将睡着的小洋带出房间。问题在于,他是怎样不通过③号间,闯入④号房间的。凶手利用了这套房子的结构。

这套房子的结构……也就是**杀人作坊**的结构。东京、埼玉的房子里,都有一条暗道,连接囚禁用的房间和杀人现场。这套房子也有相同的构造。那么,这套房子的"**杀人现场**"在哪里呢?

片渊小姐,我记得你说过,②号房间一直没有人住,对吗?

片渊 对。

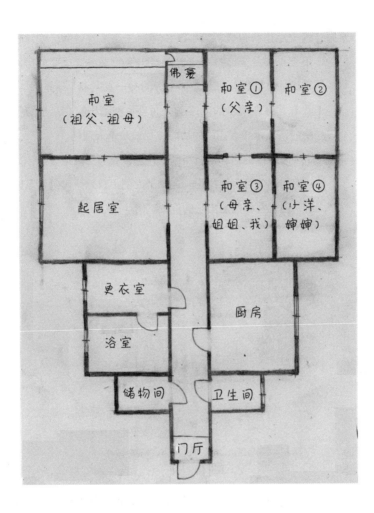

和室
（祖父、祖母）

佛龛

和室①
（父亲）

和室②

起居室

和室③
（母亲、
姐姐、我）

和室④
（小洋、
婶婶）

更衣室

厨房

浴室

储物间

卫生间

门厅

栗原　这一点让我很费解。小洋和婶婶住在④号房间。小洋也不是小婴儿了，将②号房间当作他的书房或玩耍的房间也没什么问题。可是，那个房间却一直空着。这是因为，它有其**存在的目的**。这个房间恐怕和埼玉、东京的房子中的浴室承担着相同的功能，也就是**杀人现场**。

如果是这样的话，依照惯例，一定存在一条暗道，将囚禁的房间和②号房间相连。这张平面图上自然是没画这条暗道，但也很好推测出它的位置。

——栗原的铅笔在纸上飞舞。

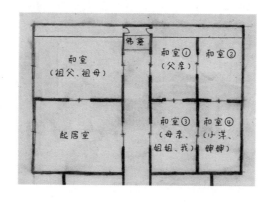

栗原　就在这里。佛龛后面的两边都有空间，左边是囚禁的房间，右边是通往杀人现场的暗道。凶手通过这条暗道，经过②号房间，就进了小洋的房间。

片渊　可要怎么从这条暗道进入②号房间呢？②号房间没有门或能隐藏门的东西呀。

栗原　恐怕门是用某种方法给藏了起来。

——栗原用铅笔指了指那扇打不开的拉门。

栗原 这扇拉门，当真是打不开的吗？

是不是从里面锁住了呢？

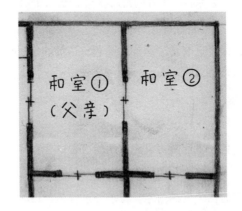

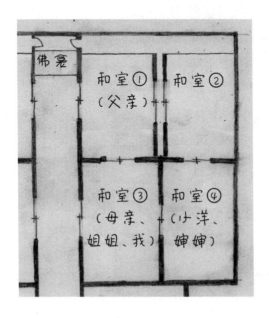

片渊 里面？

栗原 抱歉，片渊小姐。您辛辛苦苦地画了一张平面图，却让我涂改了好几次。不过，这次是最后的修改了。

——说完，栗原将打不开的拉门改成了图上的模样。

栗原 这才是这套房子原本的面貌。这里的拉门有两组，中间有一个小小的空间。钥匙挂在拉门里面。从外面看，它就是一扇打不开的拉门。片渊小姐中计啦。

片渊 ……！

栗原 想象一下这套房子中发生的事吧。住在房子里的人将目标人物请到家中，带进②号房间。算准时机，给囚禁房间的孩子发送信号。孩子经过暗道，移动到两扇拉门的

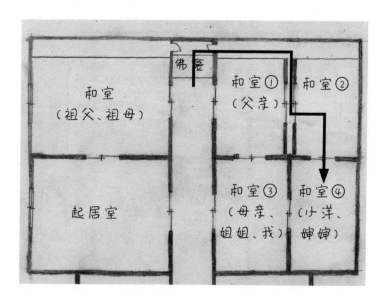

中间。然后用钥匙开门，杀掉房间里的客人。

方法如出一辙。之前那两套房子，是传承了这套房子的结构吧？

片渊　怎么会这样……

栗原　而凶手打算利用这一结构杀害小洋。

凶手来到走廊上，从佛龛进入暗道，经过②号房间，进入④号房间。然后带走睡着的小洋，从来路返回，到囚禁房间将小洋杀害。

笔者　凶手为什么要在囚禁房间下手？

栗原　有两个原因。

第一，是为了不惊醒小洋。如果小洋醒了，大叫大闹，计划就泡汤了，所以凶手不能在太远的地方下手。至少，他没工夫穿过佛龛的那扇窄门。

第二，是为了掩盖杀人时的响动。

这条暗道连着几个房间，无论在哪个地方下手，都会被人听见。凶手最不希望被美咲婶婶听到声音。如果婶婶醒了，就会发现小洋不见了。

所以，他选择在离美咲婶婶的房间最远的地方，也就是囚禁房间中下手。不过，这样一来，也可能被待在囚禁房间里的孩子看到，所以他也可能是在门口下手的。

无论如何，您的祖母被那声响吵醒后，根据声音传出的方向，认为囚禁房间里的孩子出了什么问题。于是她穿过佛龛的门，去房间里一探究竟。凶手应该也想到了这一步。他在祖母来之前，抱着小洋的尸体退回暗道中，躲进②号房间。等您的祖母确认囚禁房间里没有异状，回到自己的房间后，凶手才从佛龛的门来到走廊上，然

后把尸体摆在佛龛前面，回了自己的房间。接下来，就
只等尸体被人发现。

笔者　……逻辑可以说通，但会不会有点儿牵强？作案方式似
乎有些拙劣……假如警方介入调查，肯定会发现许多破
绽啊。

栗原　嗯。凶手正是为了避免警方介入，才将小洋的尸体摆在
佛龛前面的。

笔者　这是什么意思？

栗原　想想看，假如警察来了，必然会仔细调查案发现场附近
的情况。当然也会调查佛龛。这样一来，暗道、囚禁房
间，乃至关在房间里的孩子等，片渊家的全部秘密都会
水落石出。片渊家的人肯定会尽一切努力，避免事态往
这个方向发展。

　　　　也就是说，凶手有十足的把握，相信只要捏造出"小洋是
从佛龛上掉下来摔死的"这一假象，这家人就不会叫警察来。

片渊　原来是这样……怪不得美咲婶婶要打电话报警的时候，
大家都拼命地阻止她。

栗原　也许您的家人都发现了小洋不是意外身亡，但为了守住
家族的秘密，不得不将他的死定性为一起意外。唯独小
洋的母亲、您的婶婶接受不了这种暗箱操作。尽管如此，
在凶手看来，这也没什么大不了的。他早就算准了，只
要自己握有"这个家的秘密"，大家都会阻止婶婶的。

笔者　但究竟是谁干了这样的事？

栗原　我们用排除法想一想。

　　　　首先，和片渊小姐在同一个房间的母亲是不可能行凶的。
腿脚不好的祖父母，还有和小洋在同一个房间的婶婶也可

以排除。祖父和祖母不是没有共犯的可能，但假如是那样的话，祖母就不太可能说出自己半夜听到响动这种无意义的话。那么……

片渊　就剩下……我的父亲了吧。

——片渊说。

自己的父亲是杀人凶手，倏然面对这样的事实，没有人还能保持平静。可她的表情，却比我预想中的平静。

片渊　这件事发生后，父亲的行为确实越来越异常了。他将自己关在房间里，一个劲儿地喝酒……说实话，我一直在心里暗暗怀疑，小洋的死说不定和父亲有关。

笔者　可是他的动机是什么呢？

片渊　想来，我几乎没见过父亲和小洋单独说话。不过，我并不因此认为父亲讨厌小洋……我很难这样认为。

栗原　会不会和遗产继承问题有关？

片渊　遗产继承？

栗原　尽管已经没落，但片渊家到底曾是大户人家。也许家庭观念中还留有相当浓厚的传承意识。这个家的孙辈有三位：小洋、您的姐姐和您。你们其中的一位，会接下整个家业。作为男孩儿，小洋恐怕是最可能继承家业的人吧。而如果小洋去世，继承人的位置就会轮到您的姐姐或您的头上。假如一切顺利，继承人应该会是长女，也就是您的姐姐。您父亲是否出于某种缘由，想要让您姐姐继承片渊家的家业呢？

——片渊的姐姐结婚时的确没有改姓，反而是丈夫随了她的姓。相当于姐姐给片渊家招了一位赘婿，继承了家业。可是……

笔者 真会有人为了继承家业，不惜杀掉自己的侄子？

栗原 片渊家不是普通家庭，就算有一些常人无法想象的复杂情况，也不足为奇。

笔者 复杂情况……

栗原 这样分析的话，也就不难推测您姐姐为什么突然从家中消失了。她可能是被带到那座房子里**洗脑**了。

笔者 洗脑？

栗原 片渊家世世代代在那套房子里重复着杀人作业。尽管不清楚目的为何，但这是他们沿袭的传统。也就是说，您的姐姐背上了这一使命。

但即使告诉一个在普通环境中长大的人"从今天开始，你就要利用小孩杀人了"，他也不可能立刻接受这一事实。所以，片渊家的继承人从小就要被关在那座房子里，强行接受自己是杀人犯的洗脑。当然，这些不过是我的猜测。

——这时，有人在门外提醒我们："时间就快到啦。"似乎是我们租的这间会议室快要到时间了。我一看表，已经过了傍晚六点。我们结束了对话，匆匆忙忙地收拾东西，准备离开。

※※※

走到外面，街灯已经亮了。我们三个朝车站走去。

笔者 对了，片渊小姐。您的祖父母还健在吗？

片渊 我不太清楚。小洋去世后，我再也没去过那个家。一个人生活后，我跟离家出走没什么区别，除了姐姐，我和其他亲戚全断了联系，一直都是如此。

笔者 这样啊……

片渊 但今天和二位见过面后，我已经下了决心，要去祖父母家一趟。

笔者 您知道地址吗？

片渊 不知道。但母亲肯定知道。我再去找她一次。这一次，我一定要让她告诉我……姐姐身上究竟发生了什么。姐姐如今一定依然在某个地方，痛苦地生活着。我一定要把她解救出来。

我们走了一会儿，来到车站。

这是一个星期天的夜晚，车站里的人三三两两。

我们在检票口互相道别。

突然的联络

回到家，已经八点多了。今天真是累极了，也没什么食欲，我打算洗个澡就躺下。这时，电话响了。是片渊打来的。

笔者 喂，发生什么了吗？

片渊 那个……其实……

115

——听上去，她的声音有些紧张。

片渊 刚才和您二位分开后，母亲给我打来了电话。她说："有些关于你姐姐的事想告诉你，最近想和你见一面。越早越好。"所以，明天晚上，我要去母亲家一趟。

笔者 这真是有点儿突然呢。

片渊 是的。然后……想唐突地拜托您一件事，实在不好意思，如果您方便的话，能不能跟我一起去？

笔者 欸？我……去您母亲家吗？

片渊 对。当然，我知道您很忙，也不会勉强……

——我确认了一下自己的日程，明天晚上没有安排。

笔者 时间上没什么问题……但我跟您一起过去合适吗？您母亲是不是更想和您两个人单独聊一聊呢？

片渊 这个您不必担心，我已经跟母亲说过了。而且……我个人非常希望您能陪我一起去。我和母亲的关系一直很糟糕，之前她连家门都不愿让我进，现在突然说想见我，似乎不太寻常。这话说出来有点儿难为情：我不太敢一个人去……

笔者 ……我明白了。要不要让栗原先生也一起过去？

片渊 如果不给您添麻烦的话，当然可以。

接着我们定下具体安排，挂掉电话。

我联系栗原，他拒绝了："我虽然想去，但有工作上的事情走不开。"第二天是星期一，栗原是上班族，大概不太方便。我心存忐忑，但也只好硬着头皮一个人去。

他最后补充道："后天给我讲讲事情经过吧。"

第四章　被束缚的家

信

第二天下午五点，我在大宫站与片渊会合。

片渊　每次都给您添麻烦，真是非常抱歉。

笔者　真的没关系。我也很担心您姐姐的事。对了，伯母家住
　　　　在哪里？

片渊　熊谷。从这里坐高崎线直达。

电车上，片渊和我讲起了她母亲的往事。

她的母亲片渊喜江（旧姓松冈）生于岛根县，婚后搬到埼玉县
居住。目前已经和再婚的丈夫离婚，在熊谷租公寓独自生活。

半小时后，电车到站。

我们走了一会儿，便看到了喜江住的公寓。片渊似乎有些心神
不定，做了好几次深呼吸。

乘电梯来到五楼，走廊深处的倒数第二个房间门口贴的名牌
上写着"片渊"二字。片渊深吸一口气，按下门铃。不一会儿，
门开了。

开门迎接我们的喜江是一位身材娇小的女性，五十五岁左右。
见到我，她深深地鞠了一躬："不好意思，让您大老远地特意跑一趟。"
说完，她望了片渊一眼，母女俩立刻尴尬地将目光从彼此身上移开。

喜江带我们走进起居室。电视柜上摆着一个木制相框，里面的照片吸引了我的注意。那是一张画质粗糙的家庭照，像是用早前的数码相机拍的。拍照地点大概是游乐场。照片中是年轻时的喜江和一个她丈夫模样的男人。两位少女站在夫妻俩中间，比着胜利的手势，应该是片渊和她的姐姐。

我们围桌而坐。喜江沏了红茶给我们，但片渊碰也不碰，低着头不说话。令人难以忍受的沉默在空气中流淌。我暗自思忖着是否该说些什么来打破僵局。正当此时，喜江开口了。

喜江　上次柚希来我家的时候，我一直很犹豫，是否该把一切跟她说清楚。可是，我迟迟下不了决心。

——喜江看着摆在电视柜上的那张照片。

喜江　我跟柚希的爸爸和姐姐约定过："什么都不要告诉柚希。"

——片渊似乎有话想说，也许因为紧张，话语堵在喉咙里，说不出口。她喝了一口红茶，仿佛下了很大决心，才挤出一句沙哑的问话。

片渊　你是指……那个家的事？
喜江　……看来你已经猜到了。是的。我原本不想告诉你的，希望家里至少还有一个人能和那些事无关。但是啊，事情有了变化。

122

——喜江把一只信封放在桌上。

收信人是喜江，寄信人那一栏写着：片渊庆太。

片渊 庆太……是姐姐的丈夫？
喜江 是的。信是昨天寄来的。

——片渊拿过信封，里面装着几张信纸。信纸上密密麻麻地写着工整的文字。

片渊喜江女士 拜启

抱歉突然给您写信。我是片渊庆太。

七年前，我与您的女儿绫乃结婚。当时情况复杂，没能在第一时间和您联系，我一直很过意不去。

此番给您写信，是有要事想拜托您。眼下，我与绫乃的处境相当艰难，十分需要您的帮助。我知道自己的行为可以说是恬不知耻，但还是盼望您能助我们一臂之力。

要讲清楚我们目前的状况，必须先向您说明我和绫乃之间的过往。信会有些长，请您多多包涵。

我和绫乃是二〇〇九年认识的。

当时，我在××县读高中。我的高中生活并不快乐，那时，我是班里同学欺凌的目标。

最开始，大家只是对我视而不见，或者将我的东西藏起来，但随着时间的推移，欺凌也逐渐升级。一天早上，我来到学校，发现自己的桌子被水泡了。同学们坏笑着，看我不知所措地忍受着，凄惨地独自擦着桌子。这时，有一位同学拿来毛巾，帮我一起擦。那便是绫乃。

绫乃性格安静，不属于会主动和人交流的类型，但为人温柔、有正义感，是个内心强大的人。

后来，绫乃又帮了我好几次。我也想帮绫乃做些什么，于是努力学习，偶尔会在考试前辅导她不擅长的科目。

高二那年春天，我们决定交往。是我告白的。绫乃同意时，我开心极了，好几天都喜不自禁。

——"××县"就是片渊的祖父母家所在的县。难道绫乃真的像栗原所说的那样，被带到祖父母家了吗？

但即便如此，绫乃的生活还是相对自由的，可以去读高中。还在高中和一个被欺凌的男生谈恋爱，之后还结了婚。

故事似乎比想象中温暖许多，我不禁看得面露微笑。接下来，信的内容却出现了转折。

但是，真正开始交往后，我才注意到此前不曾发现的、绫乃令人难以理解的一面。放学后，她会立刻坐上接她的车回家，直到第二天早上来学校为止，我用任何方式都联系不上她。不仅如此，关于她的家庭、出生地、住在哪里等信息，她也不向我透露分毫。用一个比较模糊的说法：我觉得绫乃心中似乎有一个巨大的阴影。

绫乃告诉我那件事，是在快要毕业的那个冬天。

在我答应她绝不告诉任何人后，绫乃在一间空教室的角落里，将"左手供养"讲给我听。

片渊　呃……左手……供养?

喜江　……那就是把我们一家搞得支离破碎的元凶。

——喜江起身去了隔壁房间,拿来一个小保险箱。她打开箱盖,一股霉味扑面而来。里面有一张破旧而褪色的纸,一看便知年头已久。纸上用毛笔记着什么,但字迹凌乱不堪,难以辨认。

喜江　大概三十多年前吧,我快要结婚的时候,去拜访你爸爸的老家。

在家里,公公给我看了这张纸,告诉我"左手供养"的故事。那真是一个令人毛骨悚然的故事。尽管我心生疑窦,不明白公公为何要给儿媳讲这么一个故事,但年轻的我没有多想。后来我就明白了,这是如诅咒一般束缚了片渊家数十年的旧习。

我从喜江的讲解中筛选出适于出版的内容,总结如下。

兄弟

片渊一家曾以××县为根据地发展多个产业,积攒了庞大的家财。为片渊家的兴盛立下汗马功劳的人,是明治三十二年至大正四年的家主片渊嘉永。

嘉永性格豪爽,极善经营,大规模地扩张了片渊家的事业版图。

即将五十岁的时候，他因长期罹患的病症逐渐恶化，退居二线，准备将其位置让给下一代。

嘉永有三个子女：宗一郎、千鹤、清吉。

长子宗一郎性格内向，不像父亲。他和妹妹千鹤关系很好，据说长大后也愿意陪妹妹玩过家家，是个性情有些古怪的青年。小儿子清吉和宗一郎完全相反，性格活泼，是个"文武双全"的青年才俊。清吉幼时便胆识过人，知道如何笼络人心，明眼人都能看出来，清吉才是片渊家最合适的继承人。

然而，嘉永却选择长子宗一郎接替了他的位置，其缘由和清吉的身世有关。

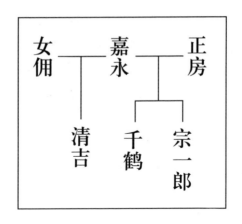

原来，清吉不是正房太太的孩子。他是嘉永和片渊家的女佣所生，也就是所谓的"庶出之子"。据说嘉永考虑到潜在的舆论压力，没有让庶出之子继承家业。他自然知道宗一郎不适合经商，大概是打好了算盘，让清吉掌握实权，宗一郎只需要在表面上做出一家之主的样子就好。

可事态没有向嘉永设想的方向发展。

清吉不愿成为宗一郎的后盾，抛弃家业独立门户。他的心情不难理解。嘉永的做法相当于亲生父亲对他下了定论："你是庶出之子，不能继承家业。"他一定很不甘心。

清吉离开片渊家，一个人另起炉灶。他的事业因为第一次世界大战，短短几年便迅速成长起来。年轻的清吉在二十二岁，事业顺风顺水的时候结了婚。他们很快有了孩子。就这样，以清吉为家主的**"片渊分家"**诞生了。

另一边，嘉永在"本家"以辅佐宗一郎的名义，依然手握大权。然而，宗一郎对大事小情都要仰赖父亲的自己并不满意。他眼见父亲的身体一天天衰弱，明白自己迟早有一天要一个人撑起全部家业，于是每天都拼命学习，想要尽快掌握工作的要领。宗一郎的态度让嘉永看在眼里，也甚感欣慰。

但是，嘉永还有另一桩心事。那就是宗一郎的终身大事。

宗一郎相当晚熟，过了二十四岁，不曾交过女友。这样下去，说不定会影响片渊家的家系传承。考虑到这些，嘉永独断地给宗一郎定了一门亲事。

嘉永为宗一郎选定的结婚对象名叫**高间潮**，此人之前一直在公馆做女佣，十二岁就受雇于片渊家，清扫、做饭和其他各种杂务都做得十分熟练。嘉永看中了她认真的工作态度，她十六岁时，受命照顾宗一郎的生活起居。

自那之后，又过去了三年。嘉永认为，高间潮的年龄与宗一郎相仿，也在工作中熟悉了宗一郎的脾气秉性，是做宗一郎妻子的合适人选。

潮

高间潮，当时十九岁。她原本生于一个贫困的家庭，幼年父母双亡，被各家亲戚像踢皮球一样推来推去，童年时，几乎要靠吃路边的野草充饥。在片渊家工作之后，她仍是身份低微的下人，从早到晚被上头的人随意使唤。

这时候，潮迎来了她人生中最大的转机。

和一家之主宗一郎结婚后，她的生活发生了根本性的变化。从"女佣"一跃成为"太太"，得到了她曾经梦寐以求的一切。潮满心欢喜。

看到两人结婚后，没过几天，嘉永便安心地陷入了长眠。

潮愉快地成了宗一郎的妻子，每一天都过得像美梦一般。豪奢的三餐，华美的和服，所有人都要向自己点头哈腰。对尝尽人间疾苦的她来说，那是一段难以抗拒的、快乐的日子。

然而，生活中还有一件事让她放心不下，那就是丈夫宗一郎对自己的态度。尽管宗一郎对潮很温柔，但那绝不是对待妻子的态度。据说，他们结婚之后，从未行过夫妻之事。

一天夜晚，潮从睡梦中醒来，发现本该睡在身旁的丈夫不见了。

丈夫回到房间躺下，是约莫一小时之后的事。

相同的事情每天都在发生，潮越发觉得蹊跷。终于有一天，她跟踪了宗一郎。

宗一郎去的是妹妹千鹤的房间。

危机

同一时间，整个片渊家恰好也笼罩在乌云之中。

一直以来，片渊家产业的发展都是在嘉永独裁式的领导下实现的。宗一郎虽然努力，却远不及其父亲。优秀的人才接二连三地离去，家族业绩逐渐下滑。几年后，一件事的发生又无异于雪上加霜。

千鹤怀上了宗一郎的孩子。

片渊家陷入了巨大的混乱。"家主与亲妹妹通奸"之类的话柄一旦被世人所知，定会损害片渊家的名誉。相关人等为了掩盖这一事实，竭力斡旋。

然而，此事偶然传入了某个人的耳中。那就是宗一郎的弟弟**清吉**。

清吉出其不意，冲进片渊家，当着所有人的面训斥了宗一郎一顿。

"怎么能将片渊家的担子交给一个和亲妹妹私通的蠢材？而且，宗一郎本来就没有本事接掌片渊家的大业！"清吉高谈阔论了一大通。

一个已经从本家独立出去自立门户的人，竟又回到本家，大骂家主。依当时社会的价值观来看，这是不可想象的失礼行为。

但据说，当时对不争气的宗一郎颇有微词的相关人等中，站在清吉那一边的竟然占了多数。

清吉捏住了片渊家的小辫子，随后软硬兼施。在他的巧妙运作下，本家的主心骨一个个被收买过来，纷纷投奔分家。尽管清吉的做法不算正当，但宗一郎无力与弟弟抗衡，片渊本家的财产和事业的经营权就这样被分家吞并了大半。

本家只剩下公馆、土地、一些微不足道的财产和几个用人。在清吉看来，他实现了对曾经令他受辱的片渊家和哥哥的复仇。

在这场骚动中，损失最大的恐怕就是宗一郎的妻子潮了。她好容易才过上美梦般的日子，转瞬间又不得不重新回归悲惨的穷苦生活。并且只要她还是宗一郎的妻子，就不能转移到分家去。

潮在没落的山中公馆，和对自己没有感情的丈夫、怀着丈夫骨肉的小姑子一起生活。在这地狱般的生活中，她的精神渐渐不再正常。

最先发现异样的，是一名女佣。她发现跟潮打招呼时，潮几乎没有反应，有时又突然像个孩子似的撒起娇来。潮原本性格刚强，就更显得这一变化不同寻常。

没过多久，潮的那些令人费解的行为变得更加明显：她一整天都盯着某个地方看，时不时大声啼哭，然后用指甲使劲挠自己的身体。

许是由于受不住罪恶感的鞭笞，宗一郎到底还是陪在潮的身边，开始照料她的日常起居。可正是他的温柔，招致了悲剧。

一天，潮说想吃柿子。

宗一郎带着柿子来到潮的房间，用刀切好了给她。潮吃了几瓣就不再吃了，宗一郎便将剩下的柿子放在她枕边，出了屋子。他忘了刀还放在桌上。

十几分钟后，不好的预感袭上心头，宗一郎匆忙返回潮的房间，但已经迟了。

闯入宗一郎眼帘的是浑身是血的潮。她倒在房间中央，榻榻米上印着好几个鲜红的手印。

潮用刀刺伤了自己的左手手腕，然后无数次用被血浸湿的手掌拍打榻榻米。据说她的腕骨已被砍断，手腕上的肉被剁得稀碎，只剩一张皮连着身体。

没有人知道潮的举动算是自杀，还是自残行为的升级。但宗一郎坚信潮因自己而死，受到了极大打击。

双胞胎

潮死后数月，千鹤临盆，生下一对双胞胎男孩。

宗一郎大为震惊，双胞胎中，哥哥四肢健全，弟弟却没有左手。这样的偶然事件令人骇目惊心。

如今，人们都知道近亲结婚会增加遗传病的风险，容易生下先天异常的孩子。其实，片渊家之前好像也曾有几个有同样残疾的人出生。

但是，没有相关知识的宗一郎联想到砍断左手而死的潮，深信这是潮的诅咒。

为了去除灾厄，宗一郎和千鹤带着孩子走遍了神社佛堂。

他们听从某家寺院僧人的建议，用佛教中象征着除魔的"麻"和"桃"二字，给两个孩子取名为**"麻太"**和**"桃太"**。

兰镜

麻太和桃太三岁时，一个女人来到片渊家。她自称"兰镜"，是一位谜一般的咒术师。

兰镜刚走进公馆，便对宗一郎说："这房子里充满了女人的怨念。

您的太太多年前在这里去世了吧？"

自己什么都没说，对方却一语道破了往事。宗一郎为兰镜的天眼震惊，立刻信任了她。于是，他将以前发生的事向兰镜和盘托出。

听完宗一郎的讲述，兰镜说：

"潮夫人怨恨的不是你们夫妇二人，而是从她手中夺走一切的您的弟弟清吉。这份怨念波及了桃太。如果您不向清吉复仇，她的诅咒最终会为桃太引来杀身之祸。"

兰镜将化解潮诅咒的方法传授给宗一郎。内容如下：

- 将桃太禁闭于不见阳光的房间之中。
- 在公馆之外建造一座偏房，安置潮的佛龛。
- 桃太十岁时，让他杀掉清吉的孩子。
- 桃太的哥哥麻太作为"保护者"，辅助桃太完成杀害。
- 在桃太十三岁之前，每年都要重复此事。

兰镜给这一仪式命名为"左手供养"。宗一郎惧怕潮的怨灵作祟，开始按照兰镜说的方法准备仪式。

——听到这里，我问了喜江一个问题。我知道打断别人说话不太礼貌，但她的话里不自然的地方实在太多了。

笔者 不好意思。这个兰镜，到底是什么人呢？又是让建偏房，又是让你们杀掉清吉的孩子……我怎么觉得她这么诡异呢？

喜江 您说得对。我第一次听到这里，也怀疑莫非另有隐情。于是，后来我设法调查了兰镜的背景。这一查，知道了一件意料之外的事：实际上，兰镜是**清吉的亲戚**。

笔者 欸？！

片渊分家

喜江 清吉相当好色，据说二十几岁时已经娶了五位夫人。兰镜是第二位夫人志津子的妹妹。当然，"兰镜"是假名，她的本名好像叫美也子。

笔者 也就是说……兰镜是清吉的小姨子，对吧。为什么小姨子要唆使宗一郎一家杀掉姐夫的孩子呢？

喜江 估计是与继承问题有关。当时，清吉好像有六个孩子。其中三人均在年幼时夭折，分别是大夫人生下的长子和三夫人生下的三子、四子。听说最终继承清吉家业的，是二夫人志津子生下的次子。

笔者 所以……二夫人为了让自己的孩子继承家业……

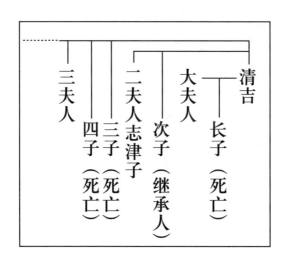

清吉有五位妻子。望子成龙心切，妻子之间难免产生权力纷争，每个人都会想尽办法，让自己的孩子继承家业。

其他妻子生的小孩儿全是竞争对手。二夫人志津子对亲生儿子的爱意日益失控，企图杀害儿子的对手。但是，她又不能直接下手。

于是，她打起了片渊本家的主意。志津子命令妹妹美也子装扮成咒术师，潜入本家。唬住惧怕潮的怨灵作祟、失去判断能力的宗一郎，令他想办法杀掉和志津子的孩子年龄相仿，会阻碍自己孩子发展的长子、三子、四子——在偏房深处的某个房间。

笔者 在这个阶段，本家和分家之间，还没有完全断绝联系吗？

喜江 应该没有。我推测，本家建成偏房是接受了分家的志津子提供的资金援助。

笔者 原来是这样……

——即便如此，我还是有不理解的地方。

笔者 为什么志津子和兰镜不唆使宗一郎本人，而是让孩子们……让桃太和麻太杀人呢？

喜江 我猜测，也许是志津子为了明哲保身吧。

笔者 怎么讲？

喜江 假如让宗一郎本人杀人，不排除他今后因不堪罪恶感的折磨而自首的可能。这样一来，志津子的企图就会暴露无遗。但如果让他的孩子们成为凶手，宗一郎为了守护亲生骨肉，想必会一直将事实隐瞒下去——也许志津子是这样想的吧。

笔者 也就是用这招堵住宗一郎的嘴？

喜江 是不是真的如此，我就不知道了。

笔者 后来两家的关系如何呢?

喜江 这个我不太清楚。说不定分家那边察觉了本家的动作，主动切断了两家的联系。后来"二战"开始，分家的产业在空袭中被毁，此后也未能重振。听说清吉的孩子们分散到了全国各地。不过，本家因为地处深山之中，受战争的影响不大，偏房原样保留了下来。或许……说"剩了下来"更合适。

笔者 那么，"左手供养"的仪式也一直流传到了后世吗?

喜江 是的。宗一郎至死都没能参透志津子的计谋，冥顽不灵地笃信兰镜传授给他的方法。

——喜江拿起刚才那张纸，将它读给我们听:

左手供养

一、片渊家子无左手者，养于暗室。

二、无左手者足十岁，杀片渊清吉血脉，亦断其左手。

三、龛前置断手，奉潮。

四、无左手者兄姊，可行卫护。若无，则亲族中年齿近者为之。

五、仪轨勿辍，一岁一行，凡十三载而止。

转换成白话文，就是:

一、若片渊家生出没有左手的孩子，就将其禁闭于暗室中抚养。

二、没有左手的孩子十岁那年，命其杀掉片渊清吉的血脉，斩断对方的左手。

三、将斩下的左手供奉于潮的佛龛前。

四、没有左手的孩子的哥哥或姐姐任"保护者"一职。若此子没有哥哥和姐姐，则"保护者"由亲戚中年龄相仿者担任。

五、此仪式必须每年施行一次，直到没有左手的孩子十三岁为止。

喜江　宗一郎将兰镜传授的方法归纳成五条，当作片渊家的家训灌输给孩子们，要大家严格执行。

笔者　这里所说的"孩子们"，也就是麻太和桃太？

喜江　也包括他们二位。实际上，宗一郎和千鹤还有一个孩子。名叫重治。

片渊　欸？！

——一直默默聆听的片渊，突然开口了。

片渊　这个"重治"，莫非就是……

喜江　没错，就是你的祖父。

重治

——所以说，住在那套房子里的片渊的祖父，幼时曾直接从宗一郎那里接受过"左手供养"的训教？

喜江　由于麻太和桃太都在年幼时就去世了，最后，三子重治
　　　　继承了片渊家。

　　　　只不过，桃太之后，再不曾出生过没有左手的孩子，片
　　　　渊家好像未曾施行过那个仪式。然而，到了八十多年后
　　　　的二〇〇六年……一个孩子诞生了。那就是嫂子美咲的
　　　　孩子。

片渊　美咲伯母……难道说……当时，伯母肚子里的孩子……

喜江　是的。她怀孕四个月时做孕检，得知孩子没有左手。

笔者　孩子出生之前就知道了啊。

喜江　对。其实美咲找我商量过这件事。一天晚上，她打来电话。
　　　　隔着电话，我都能听出她语气中的犹豫："喜江，怎么办？
　　　　我肚子里的宝宝没有左手。"

　　　　我当然明白这意味着什么。但那时，我压根儿不相信片
　　　　渊家真会施行所谓的"左手供养"。所以我对她说："你别
　　　　担心，我觉得公公和婆婆不会真去执行那条家规的。"

　　　　结果美咲生气了，她语气强硬地说："你根本不懂。那些
　　　　人不是你想象的那样。"事到如今，我也很能理解美咲话
　　　　中的意思了。

　　　　后来我才听说，美咲给我打来电话的第二天，就被公公和
　　　　婆婆囚禁在了那座房子里。

笔者　囚禁？！

喜江　是的。一个多月后才还给她人身自由。那时她已经怀孕
　　　　二十二周了。到了二十二周，就不能做引产手术了。

笔者　他们为了不让美咲以引产的方式逃避那场仪式……

喜江　是的。听说这件事时，我寒毛直竖。公公和婆婆竟然是
　　　　认真的。尤其是小时候在宗一郎的教导下，将家规烙印

于心中的公公，一定对高间潮的诅咒深信不疑……

笔者 可具有这种竟能连续几十年相信的夹带着疯狂情绪的东西，实在不太正常啊。

喜江 其实这背后也是有原因的。除公馆以外，片渊家还有一大片土地，战后的经济增长和泡沫经济致使地价暴涨，似乎给这个家创造了巨大的收入。因此，公公不曾到社会上工作，人生的大半时间都闷在家里，几乎没有什么人际交往。受过片渊家不少资金援助的亲戚和朋友们，谁都不会挑公公的毛病，他也因此失去了反省自身的机会。

笔者 原来如此。

喜江 出了这么一档子事，美咲不得不把这个孩子生下来。洋一是美咲的长子，本来该由他做"保护者"的，他却在那年的八月因事故丧生。

片渊 妈妈怎么看小洋遭遇的那起事故？

——片渊委婉地发问。喜江思考了一会儿。

喜江 小洋去世前一个月左右，你爸爸问过我这么一句话："你外婆的旧姓，好像是'片渊'吧？"结婚后，我只和他提过一次这件事。看来，你爸爸一直记得。当时他说："以防万一，最好查一下家谱。"起初我不明白他的用意，但还是依言查了户籍，翻出了外婆的户口。
原来，我的外婆结婚前名叫片渊弥生，是清吉的第七个孩子。

片渊 欸？！

喜江 一开始，我根本无法相信。但无论怎么调查，都是毫无疑问的事实。我身上流着片渊分家的血。按照"左手供养"的说法，是可能被杀掉的一方。而我的孩子你和你的姐姐也一样。你爸爸为此担心不已。他生怕我们有一天会成为"左手供养"的目标。

片渊 也就是说，今后小洋他们可能会来杀我们？

喜江 说是尽管可能性非常小，但并非为零。当时你爸爸说："交给我来处理吧。"后来我终于明白了这句话的意思。

小洋的死，明显有不寻常之处。我立刻怀疑起你爸爸来。后来在我的逼问下，他哭着向我坦白，说自己这样做是为了保护这个家。

片渊 这也太奇怪了……爸爸杀了小洋，把姐姐变成罪犯，却说这样做可以"保护这个家"。

喜江 你爸爸好像也意识到了这一点，每天都像说梦话一般地嘟囔："我八成是疯了。我为什么要干那样的事？"

当然，就算他再后悔，他的行为也是不可饶恕的。其他的办法有的是。可如今想来，说不定你爸爸也被片渊家冲昏了头脑。

你爸爸小的时候，爷爷好像也对他进行过"左手供养"的教育。歪曲的价值观已经根植在他心中，而他在这一桎梏中冥思苦想，试图守护我们的家。我之前没和你讲过，那场酒驾交通事故发生的时候，你爸爸没有喝酒。最后的最后，他被罪恶感压垮，选择了结束自己的生命。从某种意义上来讲，他也是个可怜人。

——喜江叹了口气。这时，片渊小声问了一个问题。

片渊 为什么要把姐姐送走?

喜江 ……

片渊 为什么要把姐姐交给他们? 拒绝不就好了吗?

喜江 ……因为你爷爷……威胁了我们。那不像是口头上的威胁。他可是为了遵守家规,不惜将有孕在身的美咲囚禁起来的人。我们担心他会加害你和绫乃,觉得只有乖乖地把绫乃交出去,才能保住你们两个的性命。当时就是这样想的。

片渊 ……可是……不能逃跑吗? 或者找警察商量。

喜江 我当然也有过这样的打算。但这需要一段时间准备。所以,我计划先把你姐姐交给片渊家,然后再花时间把她夺回来。但我太天真了。片渊家戒备森严。

你爸爸去世后,不是有个男人来过我们家吗? 那个叫清次的人。我告诉你,那是我的再婚对象,实际上不是的。那个人是我婆婆的外甥。他当时的说法是:"一个家不能没有顶梁柱,你这里就由我代为照顾吧。"其实,他不过是想监视我,以防我有什么奇怪的举动。片渊家就是这样。

片渊 ……

喜江 不过,我终究是在给自己找借口吧。因为最终,我还是放弃了绫乃。

片渊 ……为什么不是我?

喜江 欸?

片渊 既然他们需要亲戚中年龄相仿的人,我不是也符合条件吗? 为什么选择了姐姐?

喜江 ……这算是我们夫妻拼死抵抗的结果。当时你才十岁,还太小，如果接受了片渊家的洗脑教育，只怕会完全被他们的价值观侵染。而你姐姐十二岁，已经很明事理了。我们觉得，她的人格应该不太会受到影响。

我不认为这个决断有多英明，但你姐姐的确没有变。实际上，她每个月都会给我寄一封信呢，尽管只有一封。

片渊　欸？

喜江　当然，寄信之前你的爷爷奶奶已经检查过一遍了，都是些不痛不痒的内容。但信上一直写满了对家人的挂念，尤其一直关心着你的状况。她的每封信里都写着："我不想让柚希担心。所以，请什么都不要对她说。希望柚希对这一切一无所知，最好能忘了我，自由自在地活下去。"

片渊　……这些，我一点儿都不知道。

喜江　你爸爸也一样。他总是说："千万别让柚希知道任何事。"你的幸福，就是你姐姐、你爸爸的幸福，当然也是我的幸福。这是我们全家的心愿。

片渊　所以……你才一直什么也不对我说？

喜江　对。但我没有瞒天过海的自信。就算嘴上不说，住在一起的话，迟早会露出马脚。所以，为了和你保持距离，我故意装出讨你嫌的态度。对不起……

计划

片渊　……所以……姐姐现在仍在让美咲婶婶的孩子……杀人？

喜江　直到昨天为止……我一直都这么以为。

片渊　欸？

喜江　那封信，你接着往下读读看。

——片渊战战兢兢地拿起信纸。

　　……将"左手供养"讲给我听。喜江女士，您一定听说过吧。它的内容完全脱离了现实，我根本不愿相信。可是绫乃边哭边对我讲的样子，怎么也不像是在说谎。

　　"几年后，我会成为罪犯。和我交往，可能也会给你添麻烦。所以，我们分手吧。"绫乃说。

　　"有什么必要守这样的家规？逃跑不就行了吗？"我问了她好几次，她只是一味地说"办不到"。原来，她总是处于被监视、被威胁的状态，根本无法可逃。

　　有没有拯救绫乃的办法呢？我左思右想，制订了一个计划。极为粗糙且充满了不确定性，但要保护绫乃，也没有别的办法了。

　　几天后，我用打工赚来的所有钱，买了一只如今看来很便宜的戒指，向绫乃求婚。绫乃很困惑。这是自然的。我也知道，自己的求婚非常唐突。可在我的计划中，结婚是必不可少的一环。

　　随后，我告诉绫乃自己的计划，并花了几周时间说服她，终于得到了她的同意。

　　高中一毕业，我们就结婚了。我压下父母的反对，入赘片渊家。这也就意味着，我成为片渊家的一员，将和绫乃一起执行"保护者"的任务。

　　第一次拜访片渊家的时候，他们上来就把我带到了隐藏房间。

　　像绫乃告诉我的一样，房间里有一个男孩子——生来没有左手，因此背负了残酷的命运——叫作桃弥。听说他的母亲美咲刚生下他便离开了这个家，那时的他，是一个无父无母的孩子。

桃弥和同龄儿童的身高、体重大体相同，但不健康的青白色皮肤，和脸上仿佛剔除了一切情感的表情，诉说着他成长环境的异常。

桃弥头脑聪慧，可以沉稳地应对大人的提问，但没有任何主动的行为和情绪、欲望的表达。以前我在电视里看过在父母的强迫下加入新兴宗教的孩子们的影像资料，觉得桃弥的情况和他们很像。我想，桃弥是被片渊家夺去了人格。

那天晚上，片渊家摆了婚礼的喜宴。参加喜宴的有绫乃的祖父母重治先生和文乃女士，还有绫乃、我和一个名叫清次的男人。

清次是文乃的外甥，也是重治最信赖的人。片渊家中，我受到清次的关照最多。清次那时不到五十岁，皮肤微黑，爱笑，又有一种特殊的威严。

我记得，宴会结束后，他悄悄对我说："你一定也很辛苦，不过，努力别出错就行。桃弥是个可怜的孩子，尽量多疼疼他吧。"

几年过去，桃弥十岁之前，我都住在片渊家，接受保护者的相关教育。为了赢得片渊家的信任，我尽量表现得顺从，假装已将家规刻在骨子里。

就这样，我在仪式开始一年前，实施了我的计划。

一开始，我请求重治允许我和绫乃建一座属于自己的房子。"左手供养"的五条家规中，并未明确杀人地点。所以我征询重治的意见：如果我们夫妻带着桃弥独立生活，在自己的家中让桃弥杀人，之后将尸体的左手交给片渊家，仪式是否也算成立。

重治起初面露难色，幸亏清次帮我们敲边鼓，他才答应下来，但对我们提出了条件。

条件是如下两点：
• 新家的房间布局要以片渊家为主导来设计。
• 允许清次监视我们的生活。

我们接受这些条件，换来了独立生活的自由。新家建在清次平时居住的埼玉县。

离开片渊家之前，重治给了我一份名单。

名单上记录着超过一百人的姓名和地址。他告诉我，那些都是片渊分家还活着的子孙。也就是说，我需要从这份名单中选人来杀。

他是怎么调查出来的呢？我再次领教到了片渊家的恐怖。

我们在二〇一六年的六月搬到埼玉的新居，九月施行了"左手供养"。按照片渊家的规矩，我们必须在搬家三个月后杀一个人。可我并不想守这个规矩。我打算瞒过片渊家，不杀任何人，也不伤害任何人，渡过"左手供养"的难关。

我先调查了名单上的人目前的生活状况，然后选中了住在群马县公寓的Ｔ先生。Ｔ先生是二十几岁的自由职业者，听住处附近的人说，他好像欠了消费贷款。

我来到Ｔ先生常去的居酒屋，若无其事地接近他，又故意制造了几次和他在同一个桌子喝酒的巧合。闲聊之间，他渐渐向我敞开了心扉。

不知是第几次一起喝酒的时候，Ｔ先生向我坦白："我有大概二百万的欠款，打工的钱还不上利息，很头疼。"我等的就是他这句话。

我告诉 T 先生："我替你还钱，再另外给你五十万，条件是你要照我说的去做。"

当然，他一开始以为我在开玩笑，没搭理我。但我不气馁，和他谈了好几次，他终于答应了。

他说："我知道这一切很奇怪，但如果有机会改变我目前的生活，无论成败，先信你试试吧。"

我做的第二件事是"找尸体"。在这份计划中，无论如何都需要尸体。

我先去了青木原树海①。我天真地以为，去了树海，肯定能找到自杀的尸体。可实际情况并不像我想的那样顺利。我只找到了一些疑似自杀者留下的物品，但无论怎么找，也没有发现死尸。我灰心丧气地回了家。

此时，离施行"左手供养"的时间只剩下一周了。如果再找不到尸体，我的计划就会破产。

就在我急得像热锅上的蚂蚁的时候，偶然听说了一个消息。邻镇有一位名叫宫江恭一的自治会长无端缺席了会议，且处于联系不上的状态。听说这个消息时，我的内心立刻涌起一股莫名的骚动。

我打听到宫江的地址，来到他住的公寓门口。按了门铃，屋里却没有反应。试探着推了推门，竟然没有上锁。我承受着良心的谴责，

---

① 青木原树海位于日本富士山脚，许多有自杀念头的人选择在这里结束自己的生命，故有"自杀森林"之称。

往房间里一看，果然有一个男人倒在地上。

男人的身体已经凉透了，地板上散落着药片。可能是慢性病发作或突发疾病，没来得及服药便去世了吧。这巧合简直像是恶魔的恶作剧。

那天晚上，我驱车赶往宫江先生的公寓，将他的尸体带回了家。我一边开车，一边想：我这样到底算犯了什么罪呢？一旦被人发现，绝对无法全身而退，但我没有其他的选择。一到家，我就斩下宫江先生尸体的左手，将它存放在冰箱里。

一星期后，"左手供养"当天的早晨，我开车去接T先生，并拜托绫乃利用这段时间准备饭菜。带T先生回来后，家门口停着一辆熟悉的车。那是清次的车。负责监视的清次对我说："我就不进去了，在外面守着就好。"对我来说，这是一件幸事。

然后，我们在起居室劝T先生喝酒吃菜，不久将他带出房间，领到浴室。T先生照我事先拜托过他的那样，躲在浴室里。

我将准备好的宫江恭一先生的左手装进盒子，交给守在外面的清次。清次在车里打开盒子确认后，径直开车前往片渊家，将左手供于佛龛前。

目送清次离开后，我载上藏在浴室的T先生，往车站驶去。我拜托T先生："请您直接坐车离开，尽量去一个远一点儿的小镇，至少半年内不要回公寓。"这意味着T先生从这天起便"下落不明"了。

那之后我度过了一段坐立不安的日子，整日担心谎言暴露。几天后，清次告诉我"仪式已经平安结束"时，我感受到人生中从未有过的安心。就这样，我们没有杀人，度过了第一次的"左手供养"。

只不过，即便如此，我也没有尝到成就感或喜悦的滋味。

尽管没有杀人，但我也毫无疑问犯了罪。宫江恭一先生的家属想必还不知道他已经去世，依然在寻找他的下落。念及此，罪恶感在我心中与日俱增。

而且，同样的事我还要重复三次。一面寻找尸体，一面畏惧着警方和片渊家。这样的日子，给我带来的精神痛苦远远大于之前的想象。恐怕绫乃也和我一样。

即使在这样的日子里，生命依然向我们展现其质朴的意义。那就是桃弥的成长。

我和绫乃常常到桃弥的房间，辅导他的功课，和他一起玩游戏、聊天。按照规定，"左手供养"结束后，他将回到片渊家，不必再受监禁。为了到时候他能像个普通的孩子一样正常生活，我们想要让他找回人性中的喜怒哀乐。

一起生活半年左右，他表现出了转变。

最开始，他只是机械性地照我们的吩咐做事，渐渐地，他开始表达自己的意愿，像是"还想多玩一会儿""不想干这个"之类的。受了表扬会害羞地笑，输了游戏会不甘心。虽然花了不少时间，但近似于同龄孩子的情感似乎已经在他心中萌芽。

独立生活第二年的春天，我们的孩子出世了。是个男孩，名叫浩人。

在这样的情况下，我们犹豫过是否该要小孩，可在和桃弥生活的过程中，想要自己孩子的愿望逐渐萌发。

我们将浩人出生的消息告诉了桃弥，但不曾让两个孩子见面。桃弥的境遇和浩人天差地别，我们担心桃弥见到浩人会伤害他。同时，有了浩人之后，我们也格外注意，没有减少去桃弥房间的时间。

浩人出生一年后，清次因工作调动，从埼玉搬到东京。由于清次的搬迁，我们也决定接受片渊家的资金援助，在东京建一栋新房子。

搬到东京的生活还谈不上幸福，但和以前相比，可以说是每一天都充满了希望。只要熬过剩下的几次"左手供养"，我们就将成为一个普普通通的家庭。浩人每天都在成长，桃弥的表情也比以前更加丰富。

曾经的我深深相信，不远处就是光明的未来。

如今看来，那是多么天真的想法啊！

不幸突然降临。

今年七月的一个晚上，深夜一点左右，清次打来电话。他的语气强硬："现在立刻带上绫乃到我家来。开车来。"我隐约有了不好的预感：这大半夜的，到底怎么了？

在此之前，我和绫乃从未同时离开过我们的房子。尽管不放心浩人和桃弥，可两人都已经睡熟，我们觉得离开一会儿也不会怎样，就把他们留在了家中。

清次家离我家不远，只有不到十分钟的车程。到他家后，他阴沉着脸出来接我们，然后只说了一句话：

"露馅了。"

我根本不知道发生了什么。清次直勾勾地瞪着我，继续道：

"我不觉得所谓的'左手供养'有什么意义。诅咒也好，怨灵也罢，那都是活人的执念。但重治姨夫不一样。他成了老头子，还像个小孩儿似的怕鬼。所以，一切和'左手供养'有关的事，他都不惜折损片渊家的家财，花多少钱都无所谓。

"一直以来，我都受着姨夫的恩惠。他派我监视你们，给了我不少钱。对我来说，这只是一项工作。

"我觉得，就算过程中有不当之处，只要不露马脚，就没问题。

"我知道你们在用各种办法找尸体。无论是谁下的手，只要能骗过姨夫就行了。所以一直以来，我都默认你们的做法。如果你们要钱，一二百万也不在话下。我本想帮你们到最后的。可是啊……现在露了马脚。确实露了马脚。你们看这个。"

清次递给我一张埼玉县当地的报纸，上面有一篇报道——《发现左手被斩断的尸体》。原来，宫江恭一先生的尸体被人发现了。

"姨夫偶然看到了这篇报道。'左手被斩断'的描述让他感到事有蹊跷，似乎让其他亲戚去调查了。于是，他得知此前该死于'左手供养'的人，其实全都活着。姨夫把我叫去，逼问了一通。当然，我假装不知情，糊弄过去了。结果姨夫要求我一天之内将桃弥带回他身边，这样才能原谅我。恐怕他是想自己施行'左手供养'吧。

"我不清楚他会怎样处置你们。但如果今天之内不带走桃弥，我就有危险了。请立刻将桃弥交给我。走吧。"

我们被迫上了清次的车，坐在后排座位上。

"现在去你们家。到家后，立刻把桃弥给我带来。老老实实地照办，我也不会动手。但如果拒绝把他交出来……你们懂的。"

这时，我才明白清次为何要叫我们开车去他家。他是为了防止我们回家后带上桃弥开车逃跑。

如果把桃弥交给片渊家，他将彻底被人利用，沦为杀人工具。

见我们低着头，什么也不说，清次又朗声说道：

"桃弥是个可怜的孩子。可是，他生来就是这样的命运啊。虽然可怜，但也没有办法……好了，到了。给你们十分钟。给我在十分钟之内回来。"

我们心灰意冷地下了车。一抬头，我忽然看到家里二层的窗户里亮着灯。出门的时候，我确定所有的灯都是关着的。难道是浩人醒了？我们立刻赶往二层的卧室。

一进屋，眼前出现了我们意想不到的情景。桃弥竟然在浩人的床上。那时，一个预感蹿上心头。

桃弥的房门是从外面锁着的，但并非没有离开房间的方法。为了欺骗片渊家，我们的房子里有一条连通儿童房和浴室的暗道。桃弥经过那条暗道，就可以离开屋子。

我们用书架挡住了暗道口，但或许桃弥之前就发现了这个秘密。难道，他趁着我们不在，从屋子里跑出来，伤害了浩人吗？

我浑身发冷。

但跑到床边一看，似乎并不是我想的那样。

浩人额头上搭着一块整齐叠好的湿布。仔细一看，那是放在桃弥屋里的毛巾。

我总算搞清楚了状况。

浩人罕见地突然发了高烧。应该是我们离开之后才烧起来的。桃弥听见浩人的哭声，察觉情况有异，跑出房间看到浩人的情况，用不方便的手拧了毛巾，照顾了病中的浩人。

我们一问才知道，桃弥很早就发现了那条暗道，偶尔会半夜跑出房间，看一看浩人的睡脸。

我为自己对桃弥的怀疑懊悔不已，哪怕我的怀疑只有短短的一瞬。同时，我还懊悔自己为了躲避片渊家的监视，而将桃弥关在一个小房间里，禁锢了他的自由。

他不该遭受这样的对待。我反复向桃弥道歉，绫乃也落泪了。

这时，走廊传来响亮的脚步声。清次进了我们的房间。

他呵斥道："喂，别让我等太久！"然后强行抱起桃弥走了出去。当时我有一种预感……如果让清次这样离开，就再也见不到桃弥了。桃弥将背负着杀人的罪行度过此生。非但如此，"左手供养"结束后，也无法保证片渊家是否会让他活下去。

没有时间多做思考，我决心赌上自己的一生，给这一切做个了断。

信写得太长，让您读了许多无用的文字，实在抱歉。现在绫乃、浩人和桃弥住在××区××公寓的×号房间。

我大概无法继续保护我的家人了。绫乃在附近超市打零工，但仅凭她的收入很难支撑他们母子三人的生活。

能否厚着脸皮请您给他们三人的生活一些帮助？这是我唯一的恳求。

片渊庆太

敬上

喜江拿起放在沙发上的报纸，在我们面前展开："你们还没看到吧？"那是十月二十五日的晚报，大概是刚刚送到家里的。

男子杀害姻亲被捕

二十五日，警视厅××署以涉嫌杀人为由，逮捕东京都××区职业不明的嫌疑人片渊庆太。片渊涉嫌于今年七月杀害太岳父片渊重治及重治的外甥森垣清次，日前向××署自首。

片渊 那么，庆太他……

喜江　嗯……现在应该在接受警察的审讯呢。

片渊　怎么会这样……怎么也……不至于杀人啊……

喜江　是啊。的确……我也这么想。不过呢，庆太为了保护绫乃他们，不惜毁掉自己的人生。我想，这的确是事实。

片渊　这倒是没错……但他的罪会很重吧……

喜江　大概是吧……可是，我还是会尽全力帮他。我打算和那一家人谈一谈，再请个律师，把至今为止的事情经过全讲出来，争取为庆太减刑。但还有一件事，我想拜托柚希帮忙，是你姐姐和那两个孩子的事。

片渊　说起来，姐姐现在怎么样？她还好吗？

喜江　还好。刚才我们还通了电话呢。她情绪很低落，但至少目前三个人都平安无事。我也知道她目前住在信上写的那栋公寓里。所以呢，柚希，请你一定要帮帮你姐姐。钱这方面由妈妈来想办法，你要在精神层面帮助他们三个。绫乃最想见的，就是柚希了。

——这之后，片渊和喜江就往绫乃他们住的公寓去了。

她们也邀请我同去，但我作为局外人，自然不该妨碍他们的见面。我郑重地拒绝了。

分别之际，片渊几次对我鞠躬道谢，搞得我都有点儿不好意思了。

※※※

警方听取片渊庆太的供词后，又在调查中搜集了数人的证词，得出如下信息：

片渊重治和森垣清次的尸体在××县的山中被人发现时，距离死亡时间已经过去了三个月。

片渊重治的妻子文乃患重度失智症，重治去世后，文乃住在××县的养护老人院。

片渊美咲至今依然下落不明。曾有人称在××县的一家便利店见过符合其样貌特征的人，但目前难以辨别证词的真伪，警方仍在搜找。

※※※

久未谋面。

我是片渊柚希。

此前承蒙您的照料。

写这封邮件，主要想向您汇报那天之后发生的事。

目前，姐姐和浩人、桃弥一起，住在母亲的公寓。

母亲和两个孙子住在一起似乎很开心，看上去比以前精神了许多。

姐姐一面打零工一面学习，准备参加保育员的资格考试。

我们都不知道今后会发生什么。

庆太的官司迟迟没有结束的迹象，大家每天都很难过，但为了孩子们，还是尽量带着笑容，努力快乐地活下去。

我们的生活安顿下来后，请允许我再次向您致谢。

请一定代我向栗原先生问好。

片渊柚希

后来，我在梅丘的公寓将事情的后续告诉了栗原。

栗原 原来如此，竟然是这么一回事，比我想象的还要复杂许多。
看起来，我几乎没帮上什么忙啊。

笔者 哪有的事。片渊小姐很感谢你，说是多亏了你，她才掌
握了很多信息。

栗原 是吗……好吧，今后我就作为一个外人，默默关注他们
好了。

——栗原啜了一口咖啡，呼出一口气。

栗原 可是……另外一个人是谁呢？

笔者 另外一个人？

栗原 片渊分家被杀的孩子啊。兰镜不是让桃太杀了三**个孩子**
吗？大夫人生下的长子，和三夫人生下的三子、四子。
可是，按照家规，"左手供养"要在孩子十岁到十三岁期
间，每年施行一次。十岁、十一岁、十二岁、十三岁，每
年杀掉一人，加在一起应该有四个孩子被杀。肯定还有一
个被害的孩子啊。

笔者 嗯……也可能进行到一半就没再继续吧？喜江也说过：

154

"说不定分家那边察觉了本家的动作，主动切断了两家的联系。"

栗原 假如分家真的有所察觉，那是仅仅"主动切断联系"就能善罢甘休的吗？

而且，宗一郎在仪式结束后，依然教孩子们严格遵守"左手供养"的规定。一个对仪式如此执着的人，会在仪式进行到一半的时候就收手吗？

笔者 ……

栗原 我还是认为，应该有第四个被杀的孩子。

笔者 可如果四个孩子都被人杀了，清吉再怎么迟钝，也应该觉得有什么不对劲吧？

栗原 清吉真的什么都没发现吗？

笔者 欸？

栗原 也可能发现但默许了吧，也就是所谓的"杀婴"。

——杀婴，即通过堕胎或杀害婴儿的方式，减少孩子的数量。据说这种风俗在日本一直延续到明治时代末期。

笔者 可是，杀婴一般都是贫困家庭为了家里少几张嘴吃饭才干的事吧？大富豪清吉这样做有什么意义呢……

栗原 不是只有穷人才会杀婴。清吉有好几位妻子，她们之间的权力纷争不断，事态渐渐变得严重，连清吉也无法控制。清吉害怕引火上身……不过，这只是我的猜测。

笔者 ……算了，不要想了。无论如何，那都是很久以前的事了。清吉已经作古，事到如今，再想这些也没有用。

栗原 也许你说得对。那我们聊聊现在的事吧。其实，我心里还有一个疑惑。

重治曾经递给庆太一份名单，名单上列了一百多位分家子孙的姓名。片渊本家是怎么得到这些信息的呢？

笔者 这……一开始本家和分家是有联系的嘛……

栗原 可两家早就断绝了关系啊。战争结束后，清吉的子孙流落至全国各地，想要查清每个人的姓名和住址，几乎是不可能的吧？

笔者 那重治是怎么做到的呢……

栗原 是不是有人给片渊本家提供信息？

笔者 你是说，有人暗中帮助重治？

栗原 对。能调查分家子孙信息的不可能是外人，一定来自分家内部。也就是说，片渊清吉子孙中的某个人，给本应敌对的片渊本家提供了信息。

笔者 究竟是谁做出这样的事！

栗原 是清吉的子孙，同时又和片渊本家有联系的人……我能想到一位，那就是喜江。

笔者 欸？！

栗原 如果没记错的话，喜江的外婆弥生是清吉的第七个孩子吧？

笔者 ……是的。

栗原 也许存在这种可能——"左手供养"的第四名被害者是弥生的亲兄弟。失去亲兄弟的弥生发誓要向片渊家复仇。她和宗一郎一样，也对自己的孩子下了"诅咒"：杀掉片渊家的人。

弥生的诅咒世代传承，使命落到了喜江的身上。喜江真的是偶然嫁入片渊家的吗？小洋的死，丈夫的车祸，庆太的反叛，会不会都在喜江的计划之中呢……

——"这不可能"，话脱口而出的瞬间，我又犹豫了。栗原的推测粗暴无理，荒唐至极。可关于喜江，确实有几个地方让我感到蹊跷。

喜江讲到兰镜这个人时，说自己"设法调查了兰镜的背景"。她是用什么方法调查的呢？

另外，宗一郎亲笔写下五条"左手供养"的家规，那张纸应该是片渊家最重要的东西，它为何会在喜江手中？

想想看……美咲和喜江通电话的第二天就被囚禁了。第二天……这也是偶然吗？

还有，重治是通过埼玉的地方报纸发现宫江恭一这个人的。埼玉离重治的住处那么远，他是怎么看到这份报纸的……

重重疑虑接二连三地从我心头掠过。

即便如此，喜江的为人和她哭着向女儿忏悔的模样，实在不像是演出来的。但是……

笔者 不……这怎么可能呢？
栗原 唉，这也不过是我的"猜测"。你别介意。

栗原笑着说完，饮尽了杯中的咖啡。那毫无恶意的轻松语气，令我感到了一丝焦躁。

更好的阅读

出 品 人　沈浩波
监　　制　潘　良　于　北
产品经理　胡马丽花
责任编辑　俞滟荣
文字编辑　朱韵鸽
版权支持　冷　婷　郎彤童　李泽芳
营销支持　金　颖　黄筱萌　黑　皮
装帧设计　别境lab
封面插图　许　诺

关注我们

官方微博：@文治图书
官方豆瓣：文治图书
联系我们：wenzhibooks@xiron.net.cn

北京市版权局著作合同登记号：图字 01-2023-1641

HEN NA IE
Copyright © Uketsu 2021
Chinese translation rights in simplified characters arranged with ASUKA SHINSHA, INC.
through Japan UNI Agency, Inc., Tokyo

图书在版编目（CIP）数据

怪屋谜案 / (日) 雨穴著；烨伊译. —— 北京：台
海出版社, 2023.7（2023.11重印）

ISBN 978-7-5168-3561-6

Ⅰ.①怪… Ⅱ.①雨… ②烨… Ⅲ.①推理小说–日
本–现代 Ⅳ.①I313.45

中国国家版本馆CIP数据核字（2023）第083764号

怪屋谜案

著　者：〔日〕雨　穴　　　　　译　者：烨　伊

出版人：蔡　旭　　　　　责任编辑：俞滟荣

出版发行：台海出版社
地　　址：北京市东城区景山东街 20 号　　邮政编码：100009
电　　话：010-64041652（发行、邮购）
传　　真：010-84045799（总编室）
网　　址：www.taimeng.org.cn/thcbs/default.htm
E-m a i l：thcbs@126.com

经　　销：全国各地新华书店
印　　刷：北京世纪恒宇印刷有限公司
本书如有破损、缺页、装订错误，请与本社联系调换

开　　本：880毫米 × 1230毫米　　1 / 32
字　　数：129 千字　　　　　　　印　张：5.25
版　　次：2023 年 7 月第 1 版　　印　次：2023年 11 月第 4 次印刷
书　　号：ISBN 978-7-5168-3561-6

定　　价：45.00 元